文字學家的殷墟筆記

05 器物製造篇

字字有來頭

ABOUT characters

國際甲骨文權威學者 許進雄
以其畢生之研究 傾囊相授

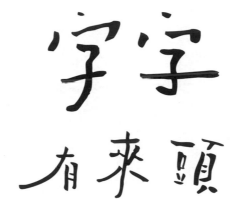

目次

4 百工興起 各類器物製造／131

5 百業勃發 皮革業與紡織業／187

6 百業勃發

陶土業與金屬業／227

7 物資交流

貨幣與商業普及／293

8 統一標準

建立通用度量衡／319

推薦序

這是一部最可信賴的大眾文字學叢書

黃啟方（世新大學終身榮譽教授、前臺灣大學文學院院長、前國語日報社董事長）

文字的發明，是人類歷史上的大事，而中國文字的創造，尤其驚天地而動鬼神。《淮南子》就有「昔蒼頡作書，而天雨粟、鬼夜哭」的記載。現存最古早的中國文字，是用刀刻在龜甲獸骨上的甲骨文。

甲骨文是古代極有價值的文物，卻晚到十九世紀末（西元一八九九年）才發現。編成於西元一七一六年的《康熙字典》，比甲骨文出土時間早了一百八十三年，就已經有五萬多字了。

從東漢許慎把中國文字的創造歸納成「象形，指事，會意，形聲，轉注，假借」六個原則以後，歷代文字學家都據此對文字的字形、字音、字義努力做解釋。但是，由於文字的創造，關涉的問題非常多，許慎的六個原則，恐怕難以周全，所以當甲骨文出土後，歷來學者的解釋也就重新受到檢驗。當然，必須對甲骨文具有專精獨到的研究成就，才具備重新檢驗和重新詮釋的條件，而許進雄教授，就是當今最具有這種能力的學者。

許教授對文字的敏銳感，是他自己在無意中發現的。當他在書店的書架上隨興抽出清代學者王念孫的《廣雅疏證》翻閱時，竟立刻被吸引了，也就這麼一頭栽進了文字研究的天地，那時他正在準備考大學。

一九六〇年秋，他以第一名考進臺灣大學中文系；而當大部分同學都為二年級的必修課「文字學」傷腦筋時，他已經去旁聽高年級的「古文字學」和研究所的「甲骨學」了。

當年臺大中文系在這個領域的教授有李孝定、金祥恆、戴君仁、屈萬里幾位老師，都是一時碩儒，也都對這一位很特別的學生特別注意。許教授的第一篇學位論文《殷卜辭中五種祭祀的研究》，就是根據甲骨文字而研究殷商時代典禮制度的著作。他質疑董作賓教授與日本學者島邦男的理論，並提出殷商王位承傳的新譜系，讓文字學界刮目相看。然後，他又注意到並充分利用甲骨上的鑽鑿形態，完成《甲骨上鑽鑿型態的研究》，更是直接針對甲骨文字形成的基礎作探討，影響深遠，目前已經完全被甲骨學界接受，更經中國安陽博物苑甲骨展覽廳推尊為百年來對甲骨學具有貢獻的二十五名學者之一。

許教授於一九六八年獲得屈萬里老師推薦，獲聘為加拿大多倫多市皇家安大略博物館遠東部研究人員，負責整理該館所收藏的商代甲骨。由於表現突出，很快由研究助理、助理研究員、副研究員升為研究員。在博物館任職的二十幾年期間，親身參與中國文物的收藏與展覽活動，因此具備實際接觸中國古代文物的豐富經驗，這對他在中國文字學、中國古代社會學的專長，不僅有互補的作用，更有加成的效果。

談古文字，絕對不能沒有古代社會與古代文物研究的根柢，許教授治學兼容並蓄，博學而富創見。他透過對古文字字形的精確分析，解釋古文字的原始意義和它的演變，旁徵博引，都是極具啟發且有所依據的創見。許教授曾舉例說明：「介紹大汶口的象牙梳子時，就借用甲骨文的姬字談髮飾與貴族身分的關係；談到東周的蓮瓣蓋青銅酒壺時，就談蓋子的濾酒特殊設計；借金代觀世音菩薩彩繪木雕，介紹觀世音菩薩傳說和信仰。……」他在解釋「微」字時，藉由「微」字字形，從商代甲骨文、兩周金文、秦代小篆到現代楷書的變化，重新解釋許慎《說文解字》「微，眇也，隱行也」的意涵，而提出出人意表的說法：「微字原本意思應是『打殺眼瞎或病體微弱的老人』。古代喪俗。」而這種喪俗，直到近世仍存在於日本，有名的〈楢山節考〉就是探討這個習俗的日本電影。許教授的論述，充分顯現他在甲骨文字和古代社會史課題上的精闢與獨到。讀他的書，除了讚嘆，還是讚嘆！

許教授不論在大學授課或在網站發表文章，都極受歡迎。他曾應好友楊惠南教授鼓吹，在網路開闢「殷墟書卷」部落格，以「殷墟劍客」為筆名，隨興或依據網友要求，講解了一百三十三個字的原始創意與字形字義的演變，內容既廣泛，又寫得輕鬆有趣，獲得熱烈回響。

《字字有來頭》則是許教授最特別的著作，一則這部叢書事先經過有系統的設計，分為動物篇、戰爭與刑罰篇、日常生活篇、器物製造篇、人生歷程與信仰篇，讓讀者分門別類、有系統的認識古文字與古代生活的關係；再則這是國內首部跨文字學、人類學、社會學研究的大眾文字學叢書；三則作者是備受國內外推崇的文字學家，專論著作等身，卻能從學術殿堂走向讀者大眾，寫得特別淺顯有趣。這套叢書，內容經過嚴謹的學術研究、考證，而能雅俗共賞，必然能夠使中國文字的趣味面，被重新認識。許教授的學術造詣和成就，值得所有讀者信賴！

推薦序

中國文字故事多，《來頭》講古最精博！

何大安（中央研究院院士、語言學研究所前所長）

讀了《字字有來頭》這部書之後，我想用兩句簡單的話來概括我的體會。第一句是：**「中國文字故事多。」**

為什麼這麼說呢？這要從中國文字的特色說起。有人主張文字的演進，是由圖畫文字演進為表意文字，再由表意文字演進為表音文字。這是「起於圖畫、終於音聲」的一種見解，這種見解可以解釋某些拼音文字的演進歷程，自屬言而有據。不過，從負載訊息的質和量來說，這樣的文字除了「音」、以及因「音」而偶發的一些聯想之外，就沒有多餘的東西了。一旦發展到極致，成了絕對的符號，成了潔淨無文、純粹理性的編碼系統，這樣的文字，取消了文化積澱的一切痕跡，也就喪失了文明創造中最可寶貴的精華——人文性。這無異於買櫝還珠，也就不能不讓人感到萬分的可惜了。

好在中國文字不一樣，它不但擁有這種人文性，而且數千年來還在不斷的增長、生發。這種「增長的人文性」，源於中國文字的最大特點。這個特點，讀者未必想得到，那就是「方塊化」。

中國文字是方塊字。距今四五千年前，被公認為中國文字雛形的半坡、柳灣、大汶口等地的刻符，已經是縱橫有序、大小略等的「方塊字」了。而正因為是「方塊」，所以使他和其他的圖畫文字，如古埃及文字，從一開始，就走上了不同的演化道路。埃及文字是「成幅」表現的。「幅」中共組一圖的各個部件，沒有明確的獨立地位，只是零件。中國文字的「方塊」，則將原始圖畫中的部件抽象化，獨立出來。一個方塊字，就是一個自足的概念，一個表述的基本單位。古埃及文字中的零件，最終成為「詞」的很少，多半成了無意義的音符。中國文字中的每一個方塊，卻都成了一個個獨立自主的「詞」，有了自己的生命和歷史。所以「方塊化」是將「圖畫」進一步抽象的結果。從「具象」到「抽象」，從「形象思維」到「概念思維」，這是一種進步，一種文明程度的提升，一種人文性的展現。

所以，有多少中國字，就有多少最基本的概念。這是第一個「故事多」。中國字的傳承，經過幾千年的假借引申、孳乳派生，產生了概念和語義、語用上的種種變化。一個字，就有著一部自己的演變史；這是第二個「故事多」。

第三個多，就繫乎是誰講的故事了。《紅樓》故事多，那是曹雪芹所講。《聊齋》故事多，那是蒲松齡所講。中國文字反映了文化史，其關乎城闕都邑的，考古家能言之；關乎鐘鼎彝器的，冶鑄家能言之；關乎鳥獸蟲魚的，生物家能言之；關乎生老病死、占卜祭祀、禮樂教化的，醫家、民俗家、思想家能言之；但是集大成而盡精微，把中國文字講出最多故事來的又能是誰呢？在我讀過的同類作品中，只有《字字有來頭》的作者許進雄教授，足以當之。因此我有了第二句話，那就是：

《來頭》講古最精博！

各界推薦

這部書，是一座漢字文化基因庫

林世仁（兒童文學作家）

十幾年前，當我對甲骨文產生興趣時，有三本書讓我最驚艷。依出版序，是許進雄教授的《中國古代社會》、林西莉的《漢字王國》（臺版改名《漢字的故事》）、唐諾的《文字的故事》。這三本書各自打開了一個面向：《中國古代社會》將甲骨文與人類學結合，從「文字群」中架構出古代社會的文化樣貌；《漢字王國》讓甲骨文與影像結合，讓人從照片、圖象的對比中驚歎文字的創意；《文字的故事》則將甲骨文與散文結合，讓文字學沾染出文學的美感。

十幾年來，兩岸各種「說文解字」的新版本如泉湧出。但究其實，若不是「舊內容新編排」，就多是擠在《漢字王國》開通的路徑上。《文字的故事》尚有張大春《認得幾個字》另闢支線，《中國古代社會》則似乎未曾再見類似的作品。何以故？

因為這本書跳脫了文字學，兼融人類學、考古學，再佐以文獻、器物和考古資料，取徑既大，就不是一般人能踵繼其後的了。

這一次，許教授重新切換角度，直接以文字本身為主角，化成《字字有來頭》系列，全新和讀者見面。這一套六本書藉由「一冊一主題」，帶領讀者進入「一字一世界」，看見古人的造字智慧，也瞧見文字背後文化的光。

古人造字沒有留下說明書，後人「看字溯源」只能各憑本事。許教授勝過其他人的地方，在於他曾任職博物館，親手整理、拓印過甲骨。這使他跳出一般文字學者的訓詁框架，不會「只在古卷上考古」。博物館的視野，也使他有「小心求證」的能力與「大膽假設」的勇氣，後者是我最欽佩的地方。

例如他以甲骨的鑽鑿型態來為卜辭斷代，以甲骨文和犁的材質來論斷商代已有牛耕，以氣候變遷來解釋大象、犀牛、麋等動物在中國絕跡的原因，認為「去」

的造字靈感是「出恭」，都讓人眼睛一亮。所以這套書便不會是陳規舊說，而是帶有「許氏特色」的文字書。

文字學不好懂，看甲骨文卻很有趣。人會長大，字也會長大。長大的字和小時候經常大不相同，例如「為」原來是人牽著大象鼻子，有作為的意思（大概是要去搬木頭吧）；「畜」竟然是動物的腸子和胃（因為我們平常吃的內臟都來自畜養的動物）；「函」的金文作，是倒放的箭放在密封的袋子裡（所以才引申出「包函」）……凡此種種，都讓人有「看見文字小時候」的驚喜與恍然大悟！

書裡，每一個字都羅列出甲骨文或金文的不同寫法，好像「字的素描本」。例如「鹿」，一群排排站，看著就好可愛！還有些字，楷書我們並不熟悉，甲骨文卻充滿趣味。例如「龏」幾乎沒人認得，它的金文卻魔幻極了——是「雙手捧著龍」啊！類似的字還不少，單是看著它們的甲骨文便是一種奇特的欣賞經驗。

這幾年，我也開始整理一些有趣的漢字介紹給小讀者。許教授的書一直是我的案頭書。雖然有些訓詁知識對我是「有字天書」，但都不妨礙我從中看到造字的創意與文化的趣味。

漢字，是中華文化的基因，《字字有來頭》系列堪稱是一座「面向大眾」的基因庫。陳寅恪曾說：「凡解釋一字，即是做一部文化史」，這套書恰好便是這句話的展演和示例。

自序

字的演變，有跡可循：淺談中國文字的融通性與共時性

自加拿大皇家安大略博物館退休後，返臺在大學中文系授課，其實已是半退休狀態，本以為從此可以吃喝玩樂，不必有什麼壓力了，不想好友黃啟方教授推薦我為《青春共和國》雜誌，每個月寫一篇專欄，介紹漢字的創意，對象是青少年學生。本來以為可以輕鬆應付，不料寫了幾篇以後，馮社長又建議我編寫同性質的一系列大眾文字學叢書，分門別類介紹古文字以及相關的社會背景。我曾經出版過《中國古代社會》，也是分章別類，探討古代中國社會的一些現象，兼介紹相關的古文字，可以以它為基礎，增補新材料，重新組合，大概可以符合期待，所以也就答應了。現在這套書已陸續完成，就借用這個機會來談中國文字的融通性與共時性，做為閱讀這套書的前導。

※本書所列古文字字形，序列均自左而右。

中國從很早的時候就有文字，開始是以竹簡為一般的書寫工具。但因為竹簡在地下難於長久保存，被發現時都腐蝕潰爛，所以目前所能見到的資料，都是屬於不易腐爛的質材，例如刻在晚商龜甲或肩胛骨上的甲骨文，以及少量燒鑄於青銅器上的銘文。由於甲骨文字的數量佔絕對多數，所以大家也以甲骨文泛稱商代的文字。商代甲骨文的重要性在於其時代早而數量又多，是探索漢字創意不可或缺的材料。同時，因為它們是商王室的占卜紀錄，包含很多商王個人以及治理國家時所面對的諸多問題，是關係商代最高政治決策的第一手珍貴歷史資料。

商代時期的甲骨文，字形的結構還著重於意念的表達，不拘泥於圖畫的繁簡、筆畫的多寡，或部位的安置等細節，所以字形的異體很多，如捕魚的漁字，甲骨文有水中游魚❶，釣線捕魚❷，撒網捕魚❸等多種的創意。又如生育的毓（育）字，甲骨文不但有兩個不同創意的

❶
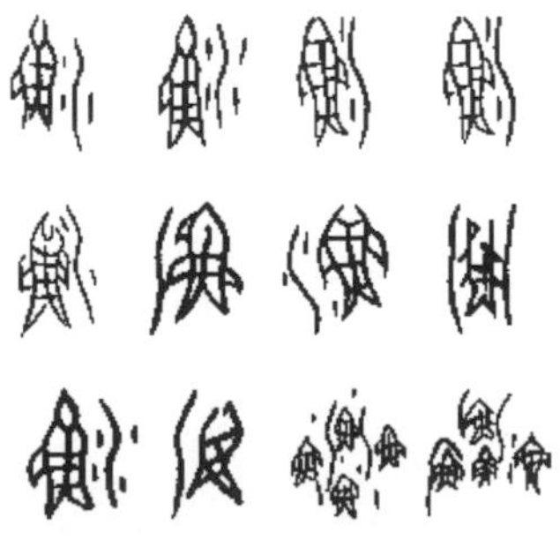

❷

❸

結構，一形是一位婦女產下帶有血水的嬰兒的情狀④，一形是嬰兒已產出於子宮外的樣子。前一形的母親還有頭上插骨笄或不插骨笄的區別，甚至簡省至像是代表男性的人形，更有將生產者省去的，還有又添加一手拿著衣物以包裹新生嬰兒的情狀。至於嬰兒滑出子宮之外的字形，也有兩種位置上的變化。儘管毓（育）字有這麼多的變化，一旦了解到毓字的創意，也就同時對這些異體字有所認識。

又由於甲骨卜辭絕大部分是用刀契刻的，筆畫受刀勢操作的影響，圓形的筆畫往往被契刻成四角或多角的形狀，不若銅器上的銘文有很多圖畫的趣味性。如魚字，早期金文的字形就比甲骨文的字形逼真得多⑤。商代時期的甲骨文字，由於是商王兩百多年間的占卜紀錄，使用的時機和地點是在限定範圍內，有專責的機構，所以每一個時期的書體特徵也比較容易把握，已建立起很嚴謹的斷代標準，不難

④

⑤

確定每一片卜辭的年代。這一點對於字形演化趨向，以及制度、習俗的演變等種種問題的探索，都非常方便而有益。

各個民族的語言一直都在慢慢變化著，使用拼音系統的文字，經常因為要反映語言的變化，而改變其拼寫方式，使得一種語言的古今不同階段，看起來好像是完全沒有關係的異質語文。音讀的變化不但表現在個別的詞彙上，有時也會改變語法的結構，使得同一種語言系統的各種方言，有時會差異得完全不能交流；沒有經過特殊訓練，根本無法讀得懂一百年前的文字。但是中國的漢字，儘管字與辭彙的音讀和外形也都起了相當的變化，卻不難讀懂幾千年以前的文獻，這就是漢字的特點之一。這種特性給予有志於探索古代中國文化者很大的方便。

西洋社會所以會走上拼音的途徑，應該是受到其語言性質的影響。西洋的語言屬於多音節的系統，用幾個簡單音節的組合就容易造出各個不同意義的辭彙。音節既多，可能的組合自然也就多樣，也就容易使用多變化的音節以表達精確的語意而不會產生誤會，這就是它們的優勢與方便之處。然而中國的語言，偏重於單音節，嘴巴所能發聲的音節是有限的，如果大量使用單音節的音標去表達意義，就不免經常遇到意義混淆的問題，所以自然發展成了今日表意的型式而沒有走上拼音的道路。

由於漢字不是用音標表達意義，所以字的形體變化不與語言的演變發生直接關係。譬如大字，先秦時侯讀若 dar，唐宋時候讀如 dai，而今日讀成 da。又如木字，先秦時候讀若 mewk，唐宋時候讀如 muk，今日則讀為 mu。至於字形，譬如昔日的昔，甲骨文有各種字形❻，表達大水為患的日子已經過去了；因為商代後期控制水患的技術已有所改善，水災已不是主要的災害了，所以用以表達過去的時態。

❻

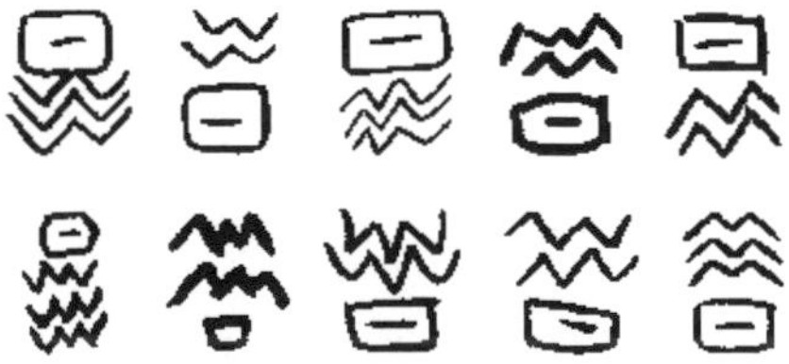

其後的周代金文，字形還有多種形象⑦。秦代文字統一，小篆成固定的昔字形。漢代後更進一步改變筆勢成隸書、楷書等而成現在的昔字。幾千年來，漢字雖然已由圖畫般的象形文字演變成現在非常抽象化的結構，但是我們還是可以看到字形的演變是有跡可循的，稍加訓練就可以辨識了。

融通性與共時性，是漢字最大特色。一個漢字既包含了幾千年來字形的種種變化，也同時包含了幾千年來不同時代、不同地域的種種語音的內涵。只要稍加學習，我們不但可以通讀商代以來的三千多年文獻，還可以不管一個字在唐代怎麼念，也讀得懂他們所寫的詩文。同樣的，不同地區的方言雖不能夠相互交談，卻因其時代的文字形象是一致的，可以通過書寫的方式相互溝通。中國的疆域那麼廣大，地域又常為山川所隔絕，包含的種族也相當複雜，卻能夠融合成一個有共識、可辨識的團體，這種特殊的語文特性應該就是其重要因素。漢

⑦

字看似非常繁複，不容易學習，其實它的創造有一定的規律，可以觸類旁通，有一貫的邏輯性，不必死記。尤其漢字的結構千變萬化，筆畫姿態優雅美麗，風格獨特，以致形成了評價很高的特有書法藝術，這些都不是拼音文字系統的文化所可比擬的。

世界各古老文明的表意文字，都可以讓我們了解那個時代的社會面貌。因為這些文字的圖畫性很重，不但告訴我們那時存在的動植物、使用的器物，也往往可以讓我們窺見創造文字時的構想，以及借以表達意義的事物信息。在追溯一個字的演變過程時，有時也可以看出一些古代器物的使用情況、風俗習慣、重要社會制度、價值觀念或工藝演進等等跡象。西洋的早期文字，因偏重以音節表達語言，以意象表達的字少，因而可用來探索古代社會動態的資料也少。中國由於語言的主體是單音節，為了避免同音詞之間的混淆，就想盡辦法通過圖象表達抽象的概念，多利用生活經驗和聯想來創造文字，因此，我們一旦了解一個字的創意，也就某種程度了解創字當時的社會背景與生活的經驗了。

1

工具發明

帶動文明躍升

人類的體能遠低於很多動物，卻能駕馭動物，改良植物，創造出輝煌的文化，最重要的原因是人類有靈巧的雙手，可以製造工具。因為有工具協助，所以人們能夠從事超越他們體能的工作，讓原料發揮更高效果，在各方面提高生活品質。生活水平提高，轉而又刺激改良工具。結果，工具愈是精良，生活愈見改善，文明的程度也日益提高。

人類由蒙昧的階段逐漸進化到有組織的文明社會，不可否認是由無數人的勞力和經驗，長期逐漸累積發展的結果。但是其中某些人的智力較高，做了一些發明的端緒，讓其他人得以跟著這些人的腳步，促使文明進一步提升。所以古代歷史第一階段的英雄人物，都是創造器用的人。戰國末年的《考工記》說：「知者創物，巧者述之、守之，世謂之工。百工之事，皆聖人之作也。鑠金以為刃，凝土以為器，作車以行陸，作舟以行水，此皆聖人之所作也。」（有智慧的人創造了器物，靈巧的人能延續和保守得住這些發明，人們就尊稱這些人為工。百類工藝的事，都是聖人們所創發出來的。像把金屬熔化而製造成為有刃的工具。把泥土黏合燒結起來成為陶器。製造車輛在陸地上行走。製作船隻在水面上航行。這些發明都是聖人們所創造出來的器物。）這些聖人陸續發明了各種改善人們生活的勞動方法和器物，提供後來建立國家組織所需要的物質基礎。

聖 ㄕㄥˋ shèng

甲骨文的聖字❶，字形表現一個人有一個大耳朵，在一張嘴巴的旁邊。造字創意是此人有聽敏的聽力，可以辨識嘴巴所發出的聲音。在遠古時代，人們以狩獵為生，敏銳的聽力是保命以及獵取食物的重要機能。若能透過聽力有效偵察野獸出沒的地點以及時機，狩獵效果自然會增加，因此很容易成為眾人所信服的領袖人物。

到了更為進化的時代，這張嘴巴可能就變成神的指示。在充滿不可理解的神祕事物的時代，能夠與神靈交通而得到趨吉避凶的指示，是很重要的生活保障。一般人聽不到神靈的無形指示，如果有人具有這種本領，自然也是眾人全心信賴而擁護的領袖人選。所以，聖字初

❶

創的意義，是指才能遠超過常人的人。換句話說，能夠給社會帶來福利的人，都是聖人。

金文的字形❷，人體的部分開始產生變化，先是人字底下加一道平線代表地面，接著是人的軀幹加上一個小點做為裝飾，這個小點又延長成為一道平畫。再進一步就是軀幹與耳朵分離。所以《說文》：「聖，通也。从耳，呈聲。」許慎誤以為聖字是形聲字的結構，把軀幹與嘴巴結合而成為一個呈字，解釋為從呈聲。

中國人所稱的聖人，本是指對於人類物質文明有極大貢獻的領袖人物。直到對中國文化發展有深刻影響的孔子出現，雖不具政治領袖權威，但備受推崇，被尊稱為聖人。從此，人們對於聖者的標準有所改變，認為品德高尚的仁者，才是人生最高境界；創造器用的智者，政治組織的霸者，都不再被認為是聖者了。

❷

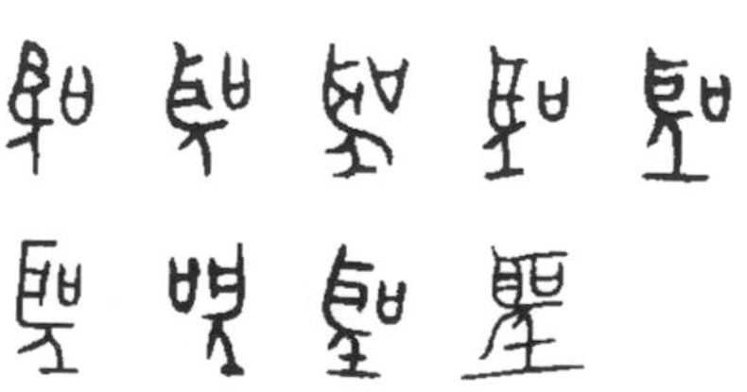

聽 ㄊㄧㄥ tīng

甲骨文的聽字❶，比較早期的字形，一個耳朵旁邊有一張或兩張嘴巴的形狀。人只有一張嘴巴，所以這個字是表達能夠聽到眾人說話，代表常人都有的聽覺，不是某一個人的特殊天賦。後來大概認為一張嘴巴就足以表達聽覺的意義了，於是加以簡化，省略一個口。到了金文，字形繁複起來❷，比甲骨文多了兩個符號；一個是人的軀幹，就像是聖字的左邊的形象；一個像是古字古，不是當做聲符使用，但不知所代表的意義。結果這個古字演變成為悳(ㄉㄜˊ)字形。所以《說文》：「聽，聆也。从耳、悳，壬聲。」誤把軀幹的「壬」分離出來，當做聽字的聲符。

❶

❷

堯 一ㄠˊ yáo

甲骨文的堯字，字形是一位跪坐的人，頭上頂著一塊平板，平板上又有兩塊土塊的樣子。中國文字經常以「上一下二」的重疊表達某種東西的多量。所以這個字演變到後來就成為人上三個土的排列。《說文》：「垚，土高貌。从三土。凡垚ㄧㄠˊ之屬皆从垚。」「，高也。从垚在兀上，高遠也。，古文堯。」

可以用垚與堯的字義來推論堯字的創意，是某人有天生的力氣，一般人以頭頂木板搬運土塊時，只能搬運一個單位的土塊，而這人卻能夠搬運兩個（比喻多個）單位的土塊。

人類社會的第一個階段是人人平等的社會，講究的是個人體能的優越，所以堯字的創意和聖字的創意相近，在於表現某人的體力超群，能比他人有更多的成就，受到他人依附而成為領袖。帝堯是中國傳說的第四位帝王人物，也許他就是因為特別強壯有力而成為王者。

賢 ㄒㄧㄢˊ xián

金文的賢字❶，出現四個字形，看起來字的結構是一個從貝（目是貝字的錯誤簡寫）或從子的形聲字。意符的貝，重點在於錢財；意符的子，重點在於人才。《說文》：「，多才也。从貝，臤ㄑㄧㄢ聲。」「，堅也。从又，臣聲。凡臤之屬皆从臤。讀若鏗鏘之鏗。古文以為賢字。」可以了解臤字就是賢字的原始字形，所以古文做為賢字使用。《說文》解釋臤字為從又臣聲，應該是錯誤的，因為兩者的韻部不同，不符合形聲字的規律。臤字應該是一個表意字。臣字的創意，在《02戰爭與刑罰篇》已經介紹過，一隻豎起的眼睛形象，這是臣子或是罪犯面見長官的時候，虛擬的抬頭的眼睛的位置，所以用來表達罪犯以及低級官吏的意義。再看奴字的結構，一位女性旁

❶

邊有一隻手控制著，可知臤字是表達具有控制奴隸的才能。能夠有效控制奴工從事生產，需要有效的管理制度。控制和管理眾人的手段成熟，促使國家組織早日完成。個人工作能力有限，若能夠集合大量人力從事器物生產或大型工程，對於社會的衝擊才會顯著，才能提升整個社會的能力，進入另一個有階級分別的層次。

聖字所表現的，是人類社會組織的第一個階段，依靠個人的天賦去創造器物，完成的量不多。賢字則表現更為高層次的能力與效果，某人有能力組織及控制大量人力去工作，大幅提升產量。文字演變的一般趨勢，是以筆畫較少的意符，替代筆畫較多的意符。不知道為何，從子的賢字比較晚出現，卻反而不傳。也許後來商業發達，有錢人的社會地位提高，因此選擇通貨交易的貝，做為賢達的標準。聖與賢，都是有超乎常人能力的人，所以就結合而成為複詞「聖賢」。

才 ㄘㄞˊ cái

才字的意義，也是指辨事能力高於一般的人。甲骨文的才字❶，形構太過簡單，很難推測創意是什麼。看起來是某種器物的形象。這個字的特點是物件下部是尖銳的。這個字做為表示地點的指示詞，有可能和這件器物的使用情形有關。甲骨文有一個字，字形是一手持拿「才」的樣子。有可能才字是一個標識的物件，可以用腳踏的方式將之插入土中，表示特別需要注意的地點。

《04生活篇Ⅱ住與行》曾介紹與築路有關的德字，是表達能將行道修築筆直的才能。要把兩個城鎮之間的道路修建筆直，便利車馬奔馳，需要正確掌握道路走向的角度，測量學是必備的才能。還有，建

❶

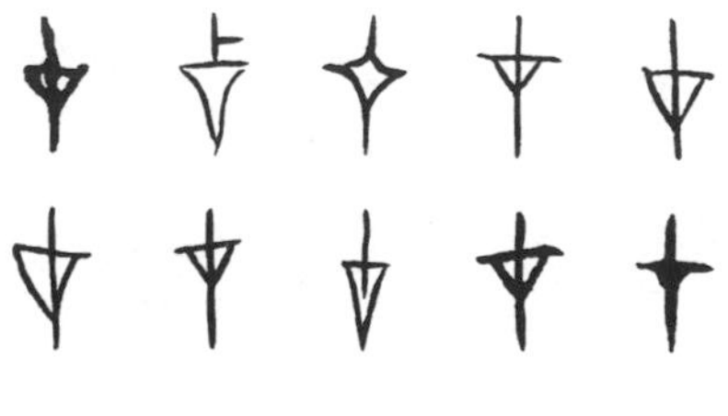

築房屋時，柱子必須正立於地面，才能承受橫梁與屋頂的重量，否則，傾斜的房屋很容易倒塌。測量柱子的豎立角度，最常用的辦法是在一根線下面綁著一個三角錐的重物，把線自然垂放下去，就可以測得垂直九十度的角度。才字很可能就是一個三角錐的形象，是測量角度必備的工具，因此借用表示人才以及定點的意思。

金文的字形❷，有的訛變成，少了另一邊的筆畫，正是小篆字形的源頭。《說文》：「，草木之初也。从丨上貫一。將生枝葉。一，地也。凡才之屬皆从才。」有了甲骨文和金文的字形可以比較，這個解釋顯然是錯誤的。才字是一件器物的形象。假借之以表達有能力使用的人。後來在才字下面加一個土字，而成為在字，以與人才的才字有所分別。這也可能是因為才是一種插在土上使用的器具，所以加土，使意義更為清楚。

❷

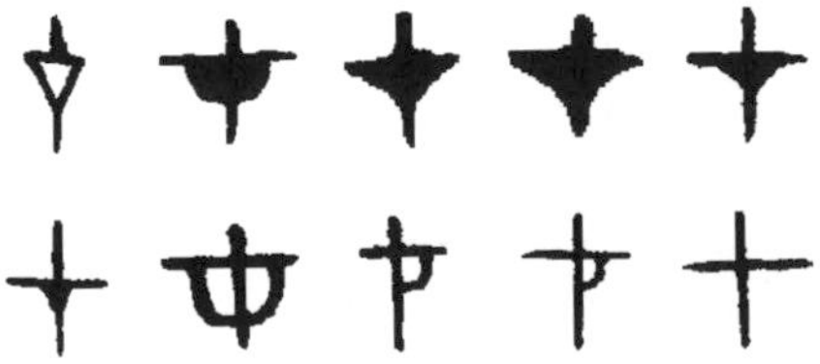

藝

yì

才藝是一個常用的複詞。藝字初形的埶，甲骨文字形❶，一位跪坐的人，雙手拿著一株樹苗的樣子。跪坐是貴族在室內的坐姿，而種植則是在戶外從事的工作；除了種植草木幼苗需要跪在地面以外，其他種植工作都是站立進行的。草木的幼苗很小，不能夠站著種植，所以需要採用跪坐或蹲踞的姿勢。金文的字形❷，因為幼苗是要種植在土地上的，所以就在幼苗下加一個土的符號，使種植的意義更為清楚。接著就是幼苗與土連結起來，使得幼苗的形象不容易看出來。

《說文》：「埶，種也。从丮、坴。丮，持種之。詩曰：我埶黍稷。」、「坴，土塊坴坴也。从土，圥聲。讀若逐。一曰坴梁。」就沒

❶

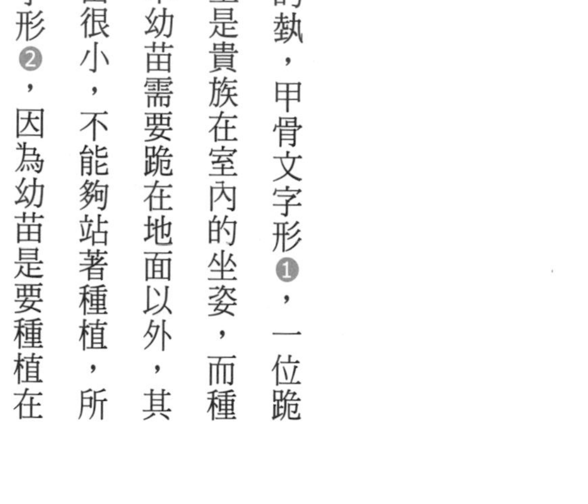

❷

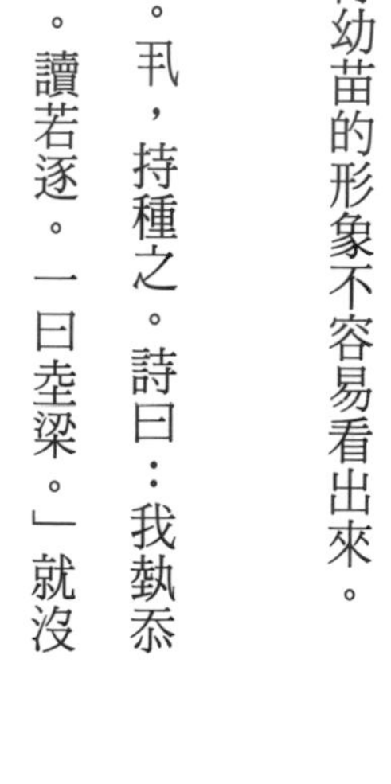

有看出字形中包含樹苗。這個字的結構並不簡單，可能因為小篆的字形已經訛變得見不到草木的形象，所以就被加上代表植物的符號「艸」，後來又加上音符「云」，成為現在的藝字。植物是人們生活不可或缺的，果蔬提供食物來源，樹木是製作工具和武器的材料。人們需要的植物並非隨處可得，需要刻意栽種，必須懂得接枝、施肥、澆灌、除蟲、土壤、氣候等等專門知識，不是隨便就能做得好的。

工藝也是常見的複詞。工，指有技藝的人；藝，指工所擁有的技術。工字在《02戰爭與刑罰篇》已介紹過，是懸掛著的一件石磬的形象，樂工加以調整使符合音調。在古代神道設教的時代，音樂被認為有神奇的力量，可以招致鬼神而獲得福佑。音樂是古代施政的大事，樂師是參與祭典的少數人之一，身分很高，甚至高於一般官員。後來音樂漸漸演變成為娛樂人們的節目，供職的人增多，神祕性消失，地位也隨之下降。樂師最先與百官同流，後來地位降低到與一般工匠為伍。

爇 ㄖㄜˋ

rè

甲骨文有一個常用的字，因為字形和藝字太過於接近，在商代這兩個字就已經起了混淆。爇字❶，字形是一位跪坐的人，雙手拿著火把照明的景象。白天有陽光照射，不需要用火光照明，但是太陽下山後，天地開始昏暗，就需要照明才好走動。手拿著火把，是太陽下山時刻常見的現象，所以就借用來代表這個時段。寫成文字時，火把的特徵是有火點，樹苗的特徵是有根鬚；除此之外，兩個字其他部分都一樣，容易混淆，於是乾脆使用形聲的方式加以區別。

《說文》：「爇，燒也。从火蓺聲。」爇字在商代是常用的時段名稱，後代可能因為照明工具改變，就不再使用這個字了。

❶

制 ㄓˋ zhì

製造的製，原型是制。大概因為裁衣是日常生活常做的事，就加上衣的意符。金文的制字有等形。《說文》：「，裁也。从刀、未。未，物成有滋味，可裁斷。一曰止也。，古文制如此。」解說東西成熟有滋味了，可以用刀來裁斷。還是沒有點到真正的創字要點。

甲骨文的未字，有❶等形，前兩形是早期字形。未與木雖然很像，但仍有差異；未字表達樹木的枝葉比較茂盛，所以上端寫得比較寬大；而木字的上端就寫得比較窄。由於兩者字形太過接近，容易混淆，因此後來的未字（後三形），樹的上端有兩重的枝

❶

葉，這樣便與木字有所區別了。《說文》可能從味（從口未聲）覺的觀點得到靈感，說此字是表達樹上的果子成熟了，可以用刀切割、採摘下來了。其實，製造器物的重點，是把材料加工成為有用的器物，和有沒有滋味並無關係。

這個字的創意，很可能原先表達的是用一把刀修整枝條不齊的樹木，來制作木器。《說文》所標示的古文，樹的枝幹不整齊，旁邊還有三個小點，代表刀子刮下的木屑。枝條不對稱的樹木，與枝條對稱的木字容易混淆，所以就寫成了以未字與刀字組成的制字。

制作木器是人們使用石頭工具之後發展起來的工藝，樹木是早期人們最為廣泛利用的素材。用刀子刮木料，就是制作有用器物的前期工作，這是人人能夠理解的道理，所以就成為造字的創意。

肇 ㄓㄠˋ zhào

甲骨文的肇字❶，一把兵戈的刃部有一塊矩形的東西的樣子。這個字的意義是開創。從冶金技術看，這是表達一把兵戈需要經過以礪石磨利刃部的手續，才有殺敵效用。開創戈成為武器，所以有創造的意義。戈是一種使用兩片泥範所鑄造出來的青銅器具，打破泥範把銅戈取出來，這時的戈並沒有傷人的利刃，要用礪石把邊緣磨利，才能銳利傷人。就像銅鏡剛從泥範取出的時候，也還不能映照容貌，要用玄錫打磨之後，才會反射影像。銅戈使用一段時間之後也會變鈍，必須用礪石磨擦，所以武士的身上也要攜帶礪石。

到了金文的時代❷，首先是礪石分離了兵戈，因而訛變成戶字的

❶

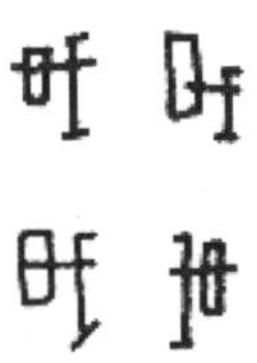

❷

樣子，這樣就很難看出創意了。之後又加上一個聿字使意義清楚。聿與肇不同韻部，因此聿字不是音符，是意義有關聯。聿字做手拿毛筆的形象，意義為毛筆。書寫文字有時會寫錯字，需要用刀把字刮掉再寫，刀也需要用礪石磨利。所以聿是用來強調肇與書寫有關，否則就沒有辦法理解肇字的創造用意了。

《說文》：「，始開也。从戶、聿。」「，上諱。」因為分析字形從戶，所以就沒法解釋字的創意了。肁是肇的省略寫法，本身得不出開始的意義。

2

農業生產
為國家組織奠基

人們要先吃得飽，才有精神去從事其他活動。在農業還沒有發展以前，人們以採集和漁獵的方式生活。採集的生活雖然比農耕的生活省力和輕鬆，但是人口愈來愈多，食物不足的壓力，迫使人們逐漸注意植物的生長條件，而發展了在自家附近生產的農業。農業發達，又促進氏族部落的社會發展成為國家。

經濟掠奪，常是引發戰爭的主要動機之一。經營農耕的人們，有必要組織武裝力量，佔有溫暖肥沃的土地、獲取充分的水源生產糧食，並且保護辛勞的成果不被侵奪及毀損。小型武裝集團在強有力的領導者領導之下，逐漸擴張成為大集團以及部落。這種爭奪自然資源的戰爭，促進了產業發達以及組織能力提高。

水源是發展農業的重要條件，為了要有效控制水源，開鑿渠道、蓄水庫以彌補降雨量不足，或為了維護渠道及合理分配用水，不但要動員眾多人力修建，更需要有效的組織以及統一的號令去執行。因此，能夠領導群眾的賢才，便成為新的領袖人選。這些因素，都激起人們建立中央集權政府的需要和願望。

在各種產業中，農業的發展最為重要，有關的字也多。中國的農業，大約是在一萬多年前自華南發展起來的。後來氣溫大幅度上升，人們被迫往北遷移，也把種植穀物的知識帶到華北。

農 ㄋㄨㄥˊ nóng

甲骨文的農字❶，基本上由兩種字所組合，一種是表達工作的地點，另一種是表達使用的工具。

第一種表達工作地點的字，有林（樹林，樹木很多的地方）、森（森林，林木更為多量的地方）、艸（草木，很多青草的地方），表示從事農作的環境。在不同階段，從事農作的環境也有不同，早期的地點是在林木眾多的林與森，後期技術提高了，遷居到有青草的寬廣的平原。

第二種代表工具的是辰字。甲骨文的辰字❷，是某種生物的形

❶

象。早期寫為，應該橫著來看，描寫一個硬殼的蚌殼類軟體生物，停留在平面上的樣子，但因受竹簡寬度所限，而把文字豎寫。文字使用多了，辰字逐漸變形，先在上頭加上一道短的平畫，接著表示地面的直畫逐漸扭曲。金文的字形❸，就已看不出真正的形象了。

《說文》：「，震也。三月昜气動，雷電振，民農時也，物皆生。从乙、匕。匕象芒達。厂聲。辰，房星天時也。从二。二，古文上字。凡辰之屬皆从辰。，古文辰。」雖然知道字形和農業有關，終究不可能看出辰字的真相。

辰字應該就是蜃字的初形，因為辰被借用為干支字，所以就添加虫字而成為蜃字，指稱這種蚌殼類的生物。

河蚌是舊石器時代以來人們經常捕捉食用的生物，並利用蚌殼製

❷

作裝飾物。蚌殼量輕質堅，破裂處很銳利，不需費太多加工，就可以製作成為切割工具，是早期人們經常利用的理想切割工具。蚌殼的體積小，雖然不能製成砍伐樹林的工具，卻是理想的除草及割取穀物成熟後的穗的工具。《淮南子．泛論訓》就說：「古者剡耜而耕，磨蜃而耨。」（古代的人把木頭削尖做為耕作時候的挖土工具，琢磨蚌殼做成除草的工具。）從這些資訊可以推論，農字的創意是，在樹木眾多的地方，以蚌殼製成的工具，從事割除害苗以及收割等農耕工作。

初期的農耕方式是焚燒山林，清理耕地，並以樹的灰燼做為肥料。在那時候，人們尚無能力開闢草地，農地也沒有一定的疆界。看起來，甲骨文農字的創意是基於甚為古老的農業技術。

後來發展為在規畫整齊的平地上操作，不再是無計畫、無規整的燒山方式。於是西周的金文，就在商代的字形上，加一個界畫整齊的

③

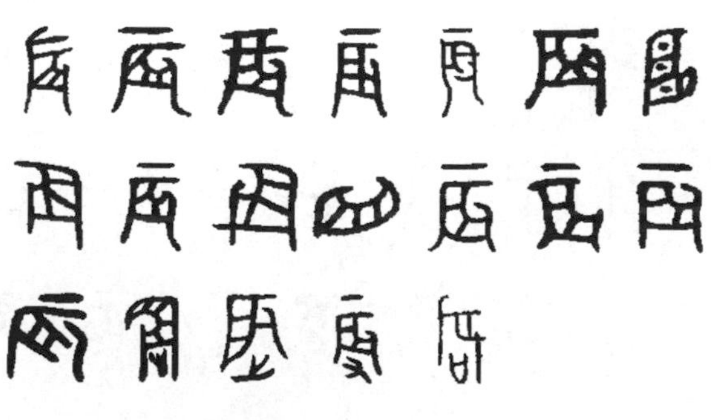

田字❹，表示已普遍採用比較進步的耕作方式了。

到了小篆，田字的部分又訛變成囟字，林字也被雙手所取代。《說文》：「，耕人也。从晨，囟聲。，籀文農。从林。，古文農。，亦古文農。」只好解釋為從囟聲的形聲字。現在有甲骨文與金文的字形可以比對，自然可以判斷《說文》的解釋是錯誤的。

❹

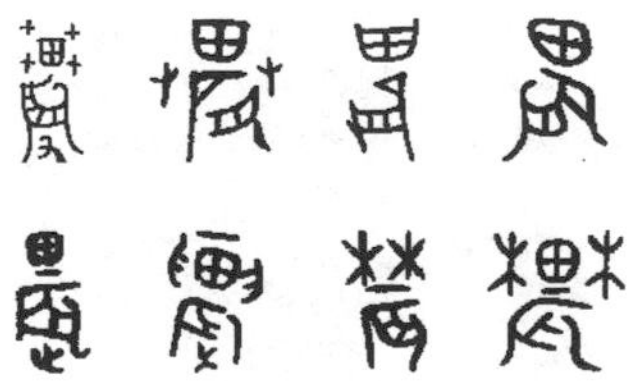

田 ㄊㄧㄢˊ tián

甲骨文的田字，有兩種表達方式，一種是一個方正的框框裡有四塊矩形的田地形，另一種是很多塊的矩形田地形❶，數目可以多至十二塊，外框也不一定是矩形。在使用上，第一類字形大多做為田獵的意義，但也做為農田的意義。第二種字形，意義都是指田地。第二種字形可能因為太過繁雜，所以金文時代就只用第一類字形了❷。《說文》：「，陣也。樹穀曰田。象形。口十，千百之制也。凡田之屬皆从田。」解說非常正確。

為什麼甲骨文會用農田來表達打獵的意義呢？這是有緣故的。打獵對象的鹿類，性喜結群行動，覓食的地點常是人們種植莊稼的地

❶

❷

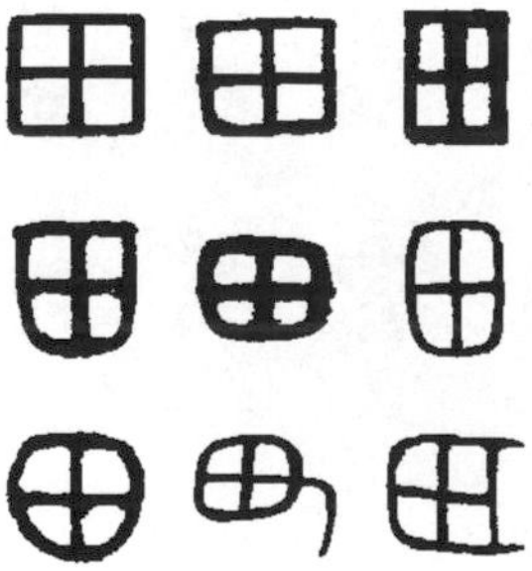

方。鹿群會摧殘農作物生長，所以農民要捕捉或驅趕牠們，以防農作物受到破壞。《春秋》魯莊公十七年，有「多麋為災」的記載，表示作者對於鹿類動物繁殖太多頗為關切。《禮記．月令》更有於孟夏時期驅趕野獸，使不為害五穀，保護田苗的積極措施。其所驅逐的獸類主要就是鹿。

捕獵意義的田字，既然是以疆界分明的田地表達，必然是因為捕殺和驅逐野獸的工作常在農地舉行，以防範野獸踐踏、吃食田苗。在有文字的階段，打獵已經被認為是耕地的輔助作業，保護農作物的附帶工作，不完全是為了獲取肉食或毛皮了。在《01動物篇》介紹的奮字，就是描述在田地上架設陷阱以誘捕前來啄食田苗的鳥類。

畺 ㄐㄧㄤ jiāng

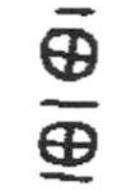

金文有一個字❶，兩塊田地形，中間或有一道短畫。應該就是疆字的初形。田字是很多塊田地整齊排列在一起，這個字卻是兩塊田地分離狀，就表示是不同的擁有者的界線。《說文》：「畕，比田也。从二田。凡畕(ㄐㄧㄤ)之屬皆从畕。闕。」所謂闕，是說這個字的讀音不明白。其實，這就是畕字的初形，後來把界畫表現得更清楚而已。

金文的疆字，意義為疆土、疆界，最先是借用從弓畺聲的強字❷，後來更加上土或山的意義符號❸，就完全與強字有所區別了。《說文》：「畺，界也。从畕。三，其界畫也。疆，畺或从土。彊聲。」解釋正確。

❶

❷

❸

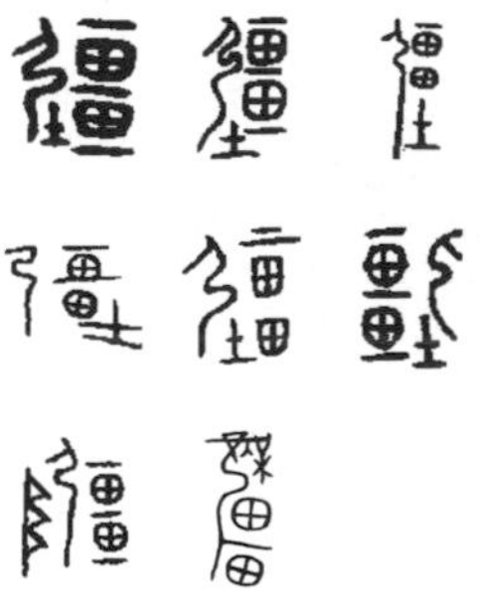

晨 ㄔㄣˊ

chén

甲骨文的晨字，兩隻手在收拾一個辰製的工具的樣子。辰字是蚌殼類的軟體生物的形象。辰的個體不大，用一隻手就可以操作自如了。字形卻要用雙手去表達，就表示表達的重點不在於使用這個工具，而在於收拾、準備這些工具。

晨字的意義是早上的時刻，因此可以推論，準備農具去工作，是一早就得做的事。

甲骨的卜辭，農字除了用於農業有關的意義以外，又可做為時間的副詞，當早晨的時刻來使用。這讓我們了解，金文的農字，有一個字形，以雙手替代林字。到田地工作是一清早就要做的事，早晨到田地去工作，是從事農業。可能人們覺得農的字形兼帶早晨的意義，會起混淆，所以晨的金文字形很多，就不再以農字做為早晨的意義了。

金文的晨字❶，大都維持甲骨的字形，有些在辰字上面，加一道或兩道短橫畫的變化。在字形趨於方正編排的趨勢下，這一兩道小短畫就會干擾兩隻手的臼(ㄐㄩˊ)的字形，所以就不被接受了。

《說文》：「晨，早昧爽也。从臼、辰。辰，時也。辰亦聲。丮、夕為夙，臼、辰為晨(ㄔㄣˊ)，皆同意。凡晨之屬皆从晨。」因為不知道辰字是表達蚌殼的形象，所以也就不能正確解釋一早就準備工具的創意。這個字和從日辰聲的晨星，讀音既一樣，字形也相近，後來就被同化了，很少使用正確的晨的字形了。

❶

薅 ㄏㄠ hāo

甲骨文的薅字，由四個構件組合。最上的部分是艸，艸的下方是辰，辰的下邊是一隻手，辰的左邊是一座山。綜合四個構件，創意應該是一隻手拿著一個蚌殼做的工具，在割除山坡上的雜草，所以有割除雜草的意義。這個字的山坡部分，被寫錯成像是女字，加上《說文》本來就不了解辰字的真正形象，所以《說文》：「，披田艸也。从蓐，好省聲。，籀文薅省。，薅或从休。詩曰：既茠荼蓼。」沒有辦法去解釋字形與字義的關係，不得已，以好省聲的辦法解決。省聲是非常不可靠的詮釋方式，《說文》與女字組合構形的字近百個，誰能猜測薅字是以好字標音的呢？

農業發展初期，人們無法定居一地，往往在一地播種後，就到別處去捕獵，等到收穫的季節，才回原地收割已成熟的穀物。如此連續好幾年的耕作，耕地的養分逐漸降低，產量減少，以至於無有收成，人們只好放棄該地而另闢新耕地。後來發現丟棄多少年後的耕地又恢復地力，可以再行生產穀物了；於是學會在幾塊土地上輪流耕種，形成較長時間的定居生活。定居在一個地點，就會發現雜草妨礙穀類作物成長，而有意加以剪除。去除雜草雖是費時又辛苦的工作，但為了期望有好的收穫，只好不辭勞苦，在夏季三番五次的去除野草。在農業生產上，這是一大躍進。

蓐 ㄖㄨˋ rù

甲骨文的蓐字❶，是薅字的一部分，知道是表達一隻手拿著一把蚌製的農具在剪除雜草的意思，或是在樹林裡手拿蚌殼工具在工作（除草）的意思。《說文》：「，陳草復生也。从艸，辱聲。一曰蔟也。凡蓐之屬皆从蓐。，籀文蓐从茻。」也是因為不認識辰字的形象，只好解釋為形聲字。

蓐字的意義是割下來的草，後來意義延伸為以割下來的草編織成的蓆子。

❶

辱 ㄖㄨˋ rù

這應該是誤以蓐為形聲字而分析出來的字形。《說文》：「，恥也。从寸在辰下。失耕時，于封畺上戮之也。辰者，農之時也，故房星為辰，田候也。」辱的字形是以手拿著蚌殼的工具，怎麼樣也看不出有可能如許慎所說，是失耕（錯失耕作的時機）的景象。而且耕地不會是在邊疆，把犯了錯誤的農民或地方官員，專程送往邊疆去處刑，也真是不可思議。

中國以農立國，絕大部分的人民是農民。手拿農業工具，應是農民的形象。因此，我們無法想像創字的人，會認為做為農民是一種恥辱，秉持這樣的思考去創造表達恥辱的字。

除非創造文字的人是高高在上的貴族，看不起辛勞的農民。

焚 ㄈㄣˊ fén

甲骨的焚字，有兩種字形；一是火在焚燒一座森林的樣子❶；一是手拿火把在焚燒一座森林的樣子。❷

早期的農耕方式，先使樹木乾枯（剝一圈的表皮，樹木就會枯死），然後放火把森林燒成平地，再澆水軟化土地，以樹木的灰燼做為肥料，種植穀類作物。這種方式稱為刀耕火種。後來為了不浪費木材，人們先砍伐木材，然後才焚燒枯乾的樹根。更後來就從山上移往平地種植穀物了。

雖然森林有時會自然起火焚燒，但大多是人為因素。一手或兩手

❶

❷

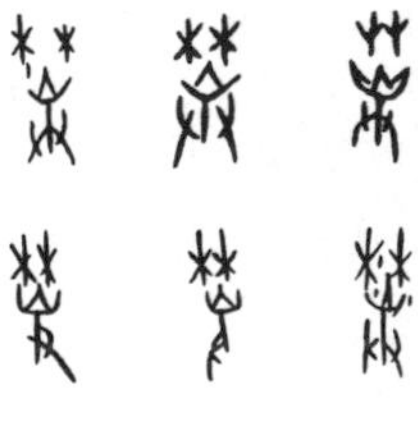

持拿火把，用人為方式焚燒山林，應是較早的字形，後來才省略為火焚林木。

到了商代，甲骨卜辭顯示燒焚山林是為了打獵，把野獸驅趕出來。金文的焚字，都作火焚樹林，沒有拿火把的字形了。《說文》：「，燒田也。从火、林。」解釋正確，但不知有更早的字形。

耤 ㄐㄧˊ jí

甲骨文的耤字❶，字形很多，有些已訛變得幾乎辨識不出是耤字了。從比較清楚的、與等字形，可以看出耤字是表現一個人手扶著一把犁，抬起一隻腳來踏在這個犁的犁頭處，顯然是表現一個人正在操作一把耕犁的耕田景象，所以有耕田的意義。

農業收成是攸關國家成敗的大事，王需要執行在田地象徵性犁田的儀式，以表示對農事的重視，所以卜辭有幾次有關耤田的占卜。到了金文的時代，就在字之上加一個昔的音符❷，使得這個字的讀音容易被認識，而成為形聲字的結構。這也是文字演變的一種趨勢，把一個表意字或象形字標上一個音符，或完全使用一個形聲字去取代，

❶

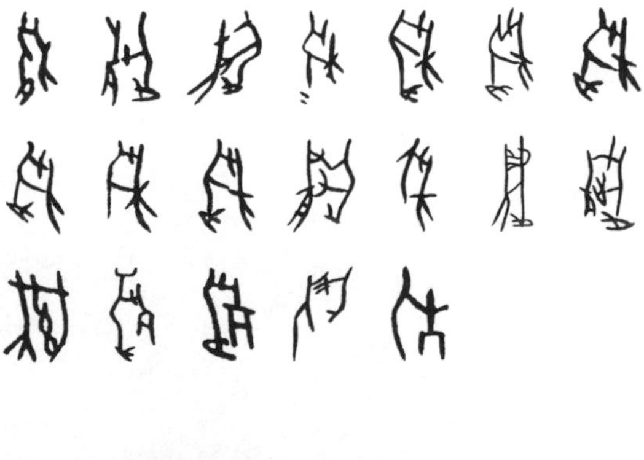

❷

使一個字的讀音表現出來。這對於我們探討古音有很大的幫助。

《說文》：「耤，帝耤千畝也。古者使民如借，故謂之耤。从耒(ㄌㄟˇ)，昔聲。」小篆的字形把操作耕犁的人給省略了而成為耒字。《說文》：「耒，耕曲木也。从木推耒。古者垂作耒枱(ㄊㄞˊ)，以振民也。凡耒之屬皆从耒。」解釋字形為从木推耒。木怎能夠推動耕地的曲木的耒？從甲骨文的字形可以看出，這是把人給省略了，而在犁的手把上留下手指的形象。金文有個族徽符號❸，就是這個耒字的具體形象。省略了耕田者的身子，耤字便成了典型的形聲字，从耒昔聲了。至於解釋使民如借所以才稱為耤，也是沒有根據的猜測。

❸

方 ㄈㄤ fāng

甲骨文的方字❶，可以從金文的看出是一張耒（ㄌㄟˇ）的下半部的形象。甲骨文的力字，就是後來稱為耒的器具，是古代挖土的工具，在一根稍微彎曲的棍子上綁上一塊橫的木頭，作為腳踏的踏板，能將木棍的尖端刺進土中，挖起土塊。方字的形制是比之進步一些，下端安置一把犁頭，翻土的效率更高。甲骨卜辭的方字，是做為敵人國家的名稱，如免方、鬼方、土方等，這顯然是一種假借用法，大概這種形式的耕具已經落伍了，所以不見使用這種農具的例子。

金文的字形不變❷，或加一個木的偏旁，因為主體是木頭的材料。《說文》：「，併船也。象兩舟省總頭形。凡方之屬皆从方。」

❶

汸，方或从水。」說方字是表現兩條船合併起來的形象。從以上的討論可知，這種解釋明顯是錯誤的。

❷

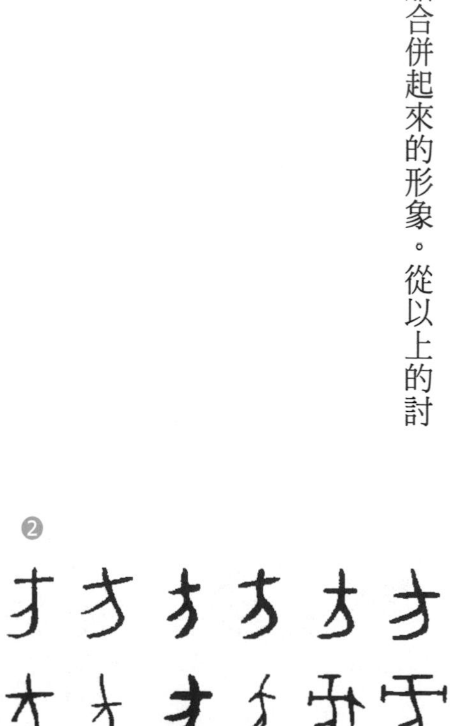

旁 ㄆㄤˊ

páng

甲骨文的旁字❶，以方字形的犁來表達意義。字形作有犁刀的耕犁，上面還有一個裝置。結合字形和字義來考察，這是表現一把犁，裝有一塊橫形木板的樣子。這塊板子稱為犁壁。由於犁壁的作用在於把翻起來的土塊打碎，並推到兩旁以方便耕作作業的進行，因此有了近旁、兩旁等意義。有壁板的犁，是拉犁才用得著的裝置。這種犁，必須前面有牛、馬或人力持續拉著前進才有用。商代有馬車，應該也會驅使牛去拉犁。犁壁有兩種形式，平板的犁壁用於開墾生硬的土地，如果已經變成熟田，土壤比較鬆軟，就可使用彎曲的犁壁。

金文的旁字❷，開始把平板的犁壁正確下移到犁刀上方。小篆的

❶

❷

字形更進一步訛誤。《說文》：「旁，溥也。从二闕，方聲。旁，古文旁。旁，亦古文旁。旁，籀文。」根本就看不出犁壁的形象，除了方字形還清楚可見，其他部分都不可解，所以就當做形聲字了。

甲骨文有一個字形，從卜辭知道這個字是指開墾荒地的行為，但還不能肯定演變成後代的哪一個字。字形❸，有了旁字的認識，可以了解它是表現雙手持拿一個已經刺入土中的有平旁（或彎曲板）犁壁的尖圓犁頭的樣子。平板犁壁適合於生土使用，開墾荒地是使用犁刀將土地挖成土塊，土塊碰到木板的阻礙而翻轉、軟化，便利種植作物。正合墾荒的意義。

有人解釋這是使用木桶來裝運挖出來的土塊，所以有墾荒的意義。這個解釋不合理。墾荒的重點是透過翻土，使堅硬的土質軟化，變得適宜耕種，並不是把土塊搬運到別的地方去。

❸

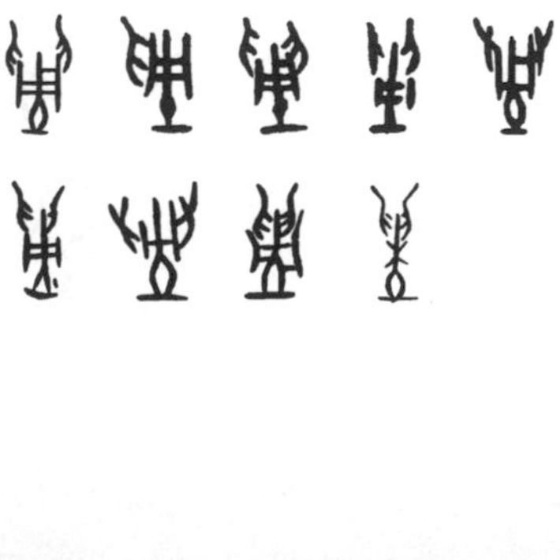

這個字也寫成❹，比較這個字複雜的寫法，這應該是表達雙手拿著已經刺入土中的尖圓犁頭狀。其中的一形，是彎曲版的犁壁形。如果荒地不那麼硬，使用彎曲版的犁壁也可以操作。裝有犁壁的犁是拉犁的特有裝置。生地堅硬，要驅使牛隻才容易拉得動。也是商代有使用牛耕的一個間接證據。

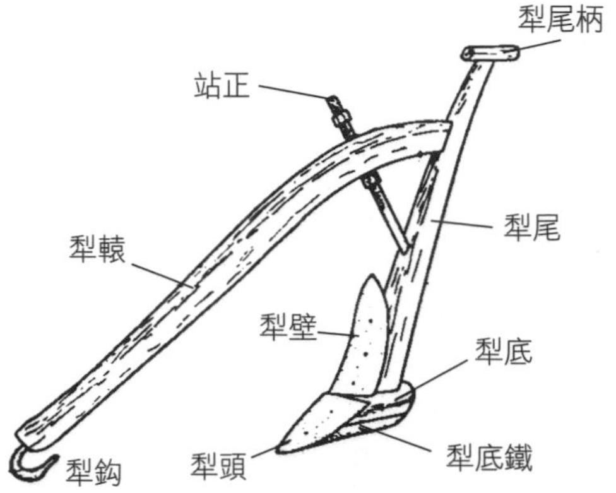

耕犁的結構圖。

❹

襄 ㄒㄧㄤ xiāng

甲骨文有一個地名，和《說文》的古文對照，可以推斷是襄字❶，最上邊是雙手扶住一個東西，接著是一把插入地下的有彎曲犁壁的犁頭，在下面是一隻動物的側視形。這個動物像是個豕字，其實是一隻牛（參看下文的證據）。動物的兩旁是兩個小點，代表灰塵。整個圖形，表現雙手扶著一把插入土中、有彎曲犁壁的犁頭，前面有一隻牛拉著這把犁在耕田，還揚起了灰塵，字形有如一幅牛耕圖。

先看《說文》的解釋，「，漢令，解衣而耕謂之襄。从衣，𤕦ㄋㄤˊ聲。，古文襄。」甲骨文的雙手就是古文字形的，有犁壁的犁就是古文字形的，動物與灰塵就是的部分。全形表現雙手

❶

扶住一把犁，前頭有一隻牛拉著，並激起一些灰塵的耕田的景象，所以有耕田的意義。為什麼還要加上解衣的解釋呢？耕田和有沒有穿衣服是不相干的，但是這個字的小篆字形，包含有衣服的部分，所以加上解衣（脫掉衣服）的解釋。

襄字的小篆和古文的不同字形，原先是不同的字，因為讀音相同，就被合併為一個字。本來牛應該在犁頭的前面拉曳著，可是這樣字形會太寬，狹窄的竹簡寫不下，只好把犁頭的部分移到牛的上面。銅器的銘文〈中山方壺〉「亡有襄息」（沒有能夠卸下牛駕而休息的空閒）的襄字作，左邊是車的偏旁，右邊就是雙手扶住犁的部分，但把動物形狀換成了牛，可以證明甲骨文襄字的拉犁動物是牛，表現牛耕的畫面。

金文的襄字，除了上舉的字形外，都作❷。《說文》：「，亂

也。从爻、工、交吅（ㄌㄢˊ）。一曰窒𤕦。讀若穰。，籀文𤕦。」所舉的籀文字形就是金文的字形❸。這個字的創意很不好推測，可能表現一個人頭上頂著一個籃筐，筐裡面裝有土塊，旁邊有一隻手拿著棍子在督促的樣子。這到底表達什麼意思，不容易理解。襄字有牛上軛（用以套上拉車的羈絡）的意義，也許與人的頭上頂了一個裝土塊的籃筐類似，有負擔重物的意思。《說文》說襄的意義，一個是亂，一個是窒。負重物就呼吸不順、喘不過氣來。這些暫且不論，襄字的古文字形，明明表現牛拉著一把犁的形象，所以才有耕田的意義。襄字的引申意義如闢地、反覆、舉駕、攘除等等，都與用牛拉犁耕地有關。這個字，直接證明商代已有牛耕。

根據研究，世界上發展較早的古文化區，畜力拉車及畜力拉犁，出現的時間相差不多，畜力拉犁或許還早於畜力拉車。古代的埃及和蘇美爾，在西元前三千五百年至前二千八百年之間，已有很複雜的牛

❷

❸

耕拉犁。在中國的傳說中，利用牛隻拉車要早於用馬拉車。商代的馬車製造得頗為精美複雜，應是經過長期發展；商代用牛來拉車犁田，應該也不成問題。

很多人不相信商代已有牛耕，理由是牛耕應可獲得人力的五倍效果，而商代社會卻不似東周有著高生產力。這種論點顯示不完全理解牛耕效用。大陸的研究者做過實驗，使用銅犁或石犁，則牛耕田的效果是以人拉犁的一．七倍。若是使用鐵犁，能夠插入土中更深，在這種情況下，以牛拉犁耕作，才會有人力的五倍效果。

在「國之大事，在祀與戎」的古代，牛是商代祭祀時最隆重牲畜，也是作戰運輸輜重的主要力量，只有在開墾堅硬的土地、人力拉不動犁頭的情況下，才使用牛來拉犁。一般已經開發的農地，均由人力操作，所以牛耕並不普及。到了東周時期，發明生鐵，打造鐵犁，以牛拉鐵犁耕作，才有五倍人力的效果，且被普遍使用，整個社會生產力提高，也造成社會面貌大幅改變。部分耕田的人力釋出轉為兵士，所以戰爭的規模大大超越以前的時代。

東周時候，牛耕已經很普遍，然而，春秋時代《國語》晉語記載：「宗廟之犧，為畎畝之勤。」（在宗廟作為祭祀時的犧牲，竟然成了在農田上的耕田勞力。）可知晉國的貴族還在惋惜牛隻的身價降低，不被當做祭祀的犧牲，卻被用以拉犁耕田。

疇 ㄔㄡˊ chóu

甲骨文的疇字❶，字形是一塊扭曲的土塊，這是柔軟的土塊受到犁壁阻擋而變形的形狀，是耕作熟田才有的現象，所以這個字表達的是已整治過、耕作後的農田，有別於一般的土地與土塊。

《說文》：「，耕治之田也。从田、壽。象耕田溝詰(ㄐㄧㄝˊ)詘(ㄑㄩ)也。，疇或省。」解釋為彎曲溝渠的形狀，應該是不對的。

一塊扭曲變形的土塊所表達的意義，可能還不夠清楚，所以後來加上一個田的符號，使意義更清楚。大概沒有標音不方便，所以又加上老的符號，成為從田壽聲的形聲字。

❶

採取踏犁的方式，一次只挖起一塊土，且土塊不會因為犁壁的阻擋而翻卷變形。間接可以證明，商代已使用拉犁的耕作方式，才有這樣的土塊；使用拉犁，則不可能不利用畜力拉動。

劦 ㄒㄧㄝˊ xié

甲骨文的劦字❶，三把並列的力，在一個口或凵之上的形狀。力字是一把簡陋的挖土工具的象形。口或凵，在甲骨文是一個坑陷的形象。可以推論，劦字的創意是很多拿著挖土工具的人，同心合力在工作的意思，所以有協力的意思。劦字作有坑陷的字形，可能是後來更詳細的說明施工目的在於挖深坑。

金文只見繁複的字形。《說文》：「，同力也。从三力。山海經曰：惟號之山，其風若劦。凡劦之屬皆从劦。」又恢復早期三個力的字形。文字的演變有時反反覆覆，很難單以文獻的年代論定字形的早晚。《說文》又錄另一個字：「，同眾之龢ㄏㄜˊ也。从劦十。」

❶

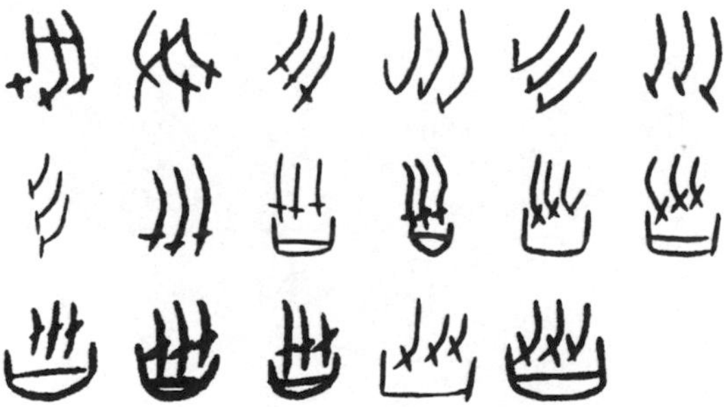

叶，古文協从口十。旪，叶或从曰。」意義與劦相似，多一個十字，強調人數之多。不過依據古字形從口從十來看，有可能這個字形是劦字的省略寫法，被誤會以為另一個字，劦與協很可能是同一個字。

甲骨文有一個字❷，表現兩隻動物在一把犁之前，因為是一個地名，所以很難推論文字創造的用意。幸好金文也有一個字❸，兩隻或三隻動物在一把犁之前的樣子，或兩個犁配三隻動物形。金文的辭例「以康奠朕國」、「龢萬民」、「作文人大寶龢鐘」等例子看來，意義為協或諧，可以了解創意應該是眾多牛隻協力拉曳耕犁的樣子，創意與以三把力表達協力從事農作的劦字一樣。有可能因為音讀與意義都與協字一樣，後來便合為一個字。但是這個字已成為不再使用的「死字」，也沒有字典說它是劦字的異體，所以也不能肯定。

為什麼需要很多人拿著挖土的工具合力挖掘坑陷呢？在農田挖掘

❷

❸

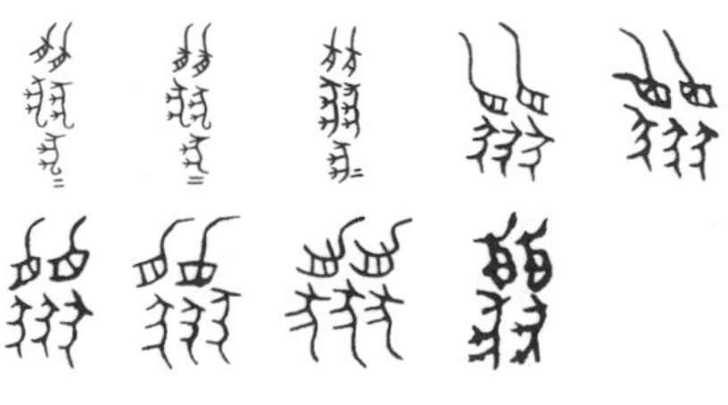

掩埋種子的溝，不必挖深；很多人一起挖深坑，應是進行某種大工程。植物需要水，農作物的選擇與收成的好壞，經常取決於水的供應，在《03日常生活篇Ⅰ食與衣》食物篇已有介紹。降雨的時間與植物需要水的時間並不一致，想要有效利用雨水，就須把雨水留存起來，並能把雨水適量流放出去灌溉農田。這就需要水渠、水壩一類的建設。

建造水渠需要大量人力。賢字就是表現有能力控制與管理很多人的人才。為使工程進行順利，需要有良好的組織以及號令。這就需要有領導的能力以及威權，才能調動大批的人力從事辛苦的工作。劦字在甲骨卜辭使用於與農田有關的設施（劦田）。以商代的社會背景推測，眾人挖掘深坑的場景，應是進行挖掘水壩的工程。商代遺址有出現控制水流量的水閘的痕跡，可見商代有儲水的設施。

留 ㄌㄧㄡˊ liú

金文的留字，字形是一塊田地旁邊有個彎曲的事物。從考古發掘得知，至少西元前四千至前三千年的東海岸馬家濱文化，就有開鑿小渠道，引水進入居住地的設施。因為這些溝渠經常流通大量的水，所以需要有木柱防護堤（如下頁圖），以防止牆壁倒塌，妨礙水流。這樣就很容易明白留字的創意了，農田的旁邊有木柱護堤的水溝，用來積留雨水，灌溉田地。所以有積留、停留、留下等相關的意義。《說文》：「，止也。从田，丣聲。」解釋為形聲，應該是錯誤的。

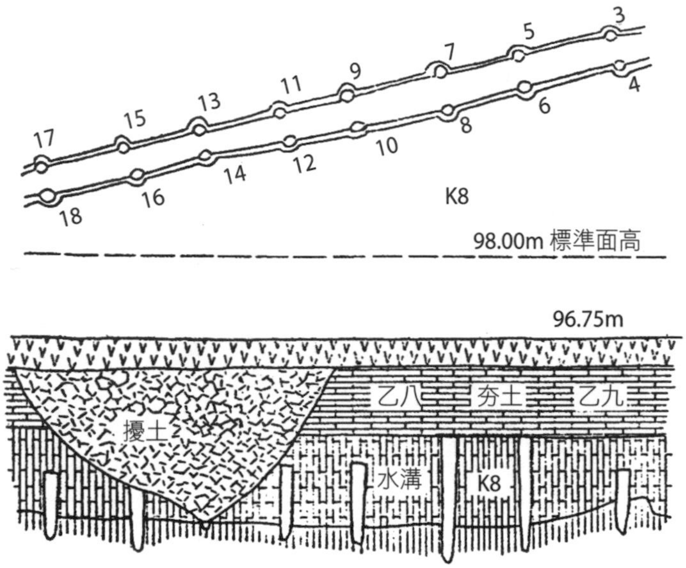
3
5
7
9
11
13
15
17
4
6
8
10
12
14
16
18
K8
98.00m 標準面高
96.75m
乙八
夯土
乙九
擾土
水溝
K8

商代水溝段落的鳥瞰圖。

周 ㄓㄡ zhōu

甲骨文的周字❶，田地裏有作物（四個小點），而周圍有圍牆或籬笆一類的設施保護著的景象，表達周密的意義。這可能是作物還幼小的階段，需要防護，以免被風吹倒，或防範有鳥獸踐踏。到了金文的時代，有些字在下面加一個口❷，這也是常見的裝飾符號，和口或坑陷沒有關係。

《說文》：「周，密也。从用、口。𠮦，古文周字，从古文及。」有了甲骨文和金文的字形可以比較，可以明白從用的分析是錯誤的。周字是借重田地的景象創造的。

❶

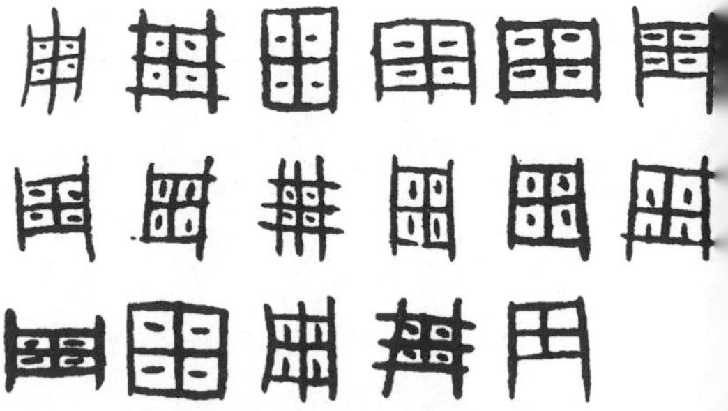

❷

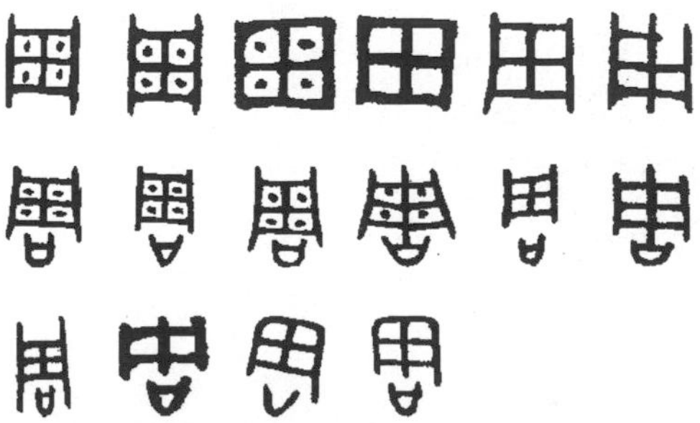

囿 一ㄡˋ yòu

和周字創意類似的，甲骨文有囿字❶，表示一個特定栽植草木的地方，這不是一般的農田，而是在圈定的有圍牆的範圍內，為供貴族賞玩而栽種一些精選的植物，甚至養了一些動物，是讓貴族在處理國事之餘，紓解心情的特殊場所。一般農田就不必費心費力用籬笆圈圍起來。甲骨刻辭有商王到這些園囿觀賞的占卜。

到了金文的時代，這個字被形聲字取代，變成從口有聲了。《說文》：「，苑有垣也。从囗，有聲。一曰所以養禽獸曰囿。，籀文囿。」幸好收錄籀文的字形，確證甲骨文的字形是囿字的早先字形。

❶

甫、圃

ㄈㄨˇ fǔ　ㄆㄨˇ pǔ

甲骨文的甫字❶，表達田地上生長出幼苗來了。這就是後來的圃字的原先寫法，表達人們在田裡種植的種子冒出土地而長出芽來了，所以有田圃的意義。

金文的字形❷，正立的幼苗漸漸歪到一邊，而正方形的田也變成像是用字的形象。所以，《說文》：「甫，男子之美稱也。从用、父，父亦聲。」看不出是田地上的形象，而解釋為從用與父的表意字，或從父聲的形聲字。如果父是聲符，則用字為意符，是表達意義的符號。但又沒有解釋用與男子美稱的關係。要了解一個字的創意，愈早的字形愈有幫助。

❶

❷

許慎因為沒有見到甲骨文的字形，所以沒有看出甫與田的關係。

㐭 ㄌㄧㄣˇ lǐn、廩 ㄌㄧㄣˇ lǐn

商代一年只有一次主要糧食收割，所以年字以人在運輸禾穀表達一年的時間長度。收割下來的穀物是整年的主食，所以必須有妥善保存的地方，以供不時需要。一般情況是先把可以食用的顆粒打下來，再把外殼去掉，這些加工的字已經在《03日常生活篇I食與衣》介紹過。穀粒打下來之後，禾桿可以做為牛的飼料，也可以編織一些用具，或是做為燒火的薪柴。甲骨文的㐭字❶，像是使用禾桿所堆積起來的禾堆的樣子。禾堆之下的口，是後來所加的填空的裝飾符號。

到了金文❷，產生好多變化。有禾堆之上加米字，表示所收藏的是米粒。原來的意義是禾桿的堆積，可能意義已延伸至穀粒。或

❶

❷

是又加手持棍子的攴，表明使用拍打的方式脫穀。或口與禾堆連結成一體而上頭加一個圓圈，變得和啚字同形，可能是一時的筆誤。有的下加一個禾字，也是更明確說明堆積的是禾，後來形成繁複的稟字。到了小篆，字形簡化許多。

《說文》：「，穀所振入也，宗廟粢盛，倉黃㐭而取之故謂之㐭。从入。从回，象屋形。凡㐭之屬皆从㐭。，㐭或从广稟。」因為字形已簡省很多，不大看得出是一個禾堆的形象。商代別有文字表達收藏穀米的倉房，後來不再使用，㐭就有了穀倉的意義。所以《說文》才解釋㐭字表現收藏穀物的倉房。

嗇 ㄙㄜˋ sè

甲骨文的嗇字❶，下面是禾堆，上方顯現一株小麥。這是堆積穀類作物的形象，用來表達有這種景象的農村。金文的嗇字❷，受到亩字變化的影響，下半部也類化亩的變化，或更訛變成。

《說文》：「，愛濇也。从來、亩。來者，亩而臧之，故田夫謂之嗇夫。一曰棘省聲。凡嗇之屬皆从嗇。，古文嗇，从田。」農民千辛萬苦才有所收穫，非常珍惜穀粒，因而有愛惜的意義，後來轉而有吝嗇的意義。

❶

❷

啚、圖

ㄅㄧˇ bǐ
ㄊㄨˊ tú

甲骨文的啚字❶，這是要與邑字有所分別而創造的字。大圓圈是表達一個範圍。在仰韶時代，生活區常由壕溝圍繞起來。邑字表現的是一個人在室內的坐姿，不是農業工作區而是在室內生活的住宅區。啚字則是表達看得見禾堆的農村。

金文的啚字❷，字形的變化和㐭字、嗇字一樣。《說文》：「，嗇也。从口、从㐭。㐭，受也。，古文啚如此。」沒有解釋從口的意義。其實，這個字是從範圍的口。這個字另外有一個意思，即後來的圖字。

❶

❷

金文的圖字❸，大致表達在一個大範圍內的許多小單位的農村。在古代，國家財政收入主要依靠農業稅收。農業稅收大致依農地大小以及人口來計算，所以需要製作農村的戶籍清冊以及繪製圖籍。這是古代繪製地圖的主要內容，其次可能是交通路線圖。擬定作戰計畫時，也常需攤開地圖來比劃，圖字可能因此才有圖謀的意思。金文的一形加了一個心。古人認為心是思考的器官，這個字形太過於繁複，所以後來被捨棄了。

《說文》：「，畫計難也。从口从啚。啚，難意也。」以為圖字有謀畫困難的意義，大概就是從軍事的展圖謀畫這種習慣來的。《說文》既沒有解釋从口的意義，而啚字也沒有困難的含意，所以是不合理的解釋。圖字的意義是圖籍，後來引申到圖畫的意義。金文銘文有周王來到圖室的記載，大概是牆壁裝飾有圖畫而不是典藏農業圖籍的房間。

❸

囧 ㄐㄩㄥˇ jiǒng

甲骨文的囧字❶，從明字的一個字形❷，可以了解明字的創意是月光射進窗戶而讓屋內光亮的意思。沒有疑問，囧字是一個圓形的窗子的象形。金文的字形不變。

《說文》：「，窗牖(ㄧㄡˇ)麗廔(ㄌㄡˊ)闓(ㄎㄞˇ)明也。象形。凡囧之屬从囧。讀若獷。賈侍中說：讀與明同。」解釋完全正確。但是甲骨卜辭這個字卻作穀倉的意義講。「王其登南囧米」譯成白話是，王想要用收藏於南囧的米，做為奉獻神靈的供物，是合適的嗎？在城邑的糧倉中收藏的是已經打下來的穀粒甚至是已去殼的精米。穀物需要通風才能保存長久，可能因此以窗子代表糧倉。

❶

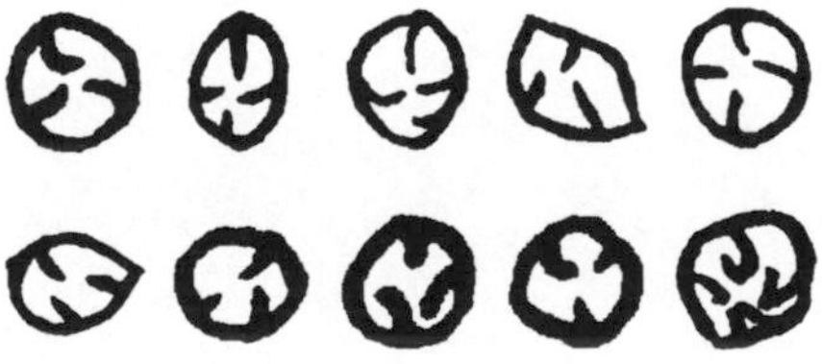

❷

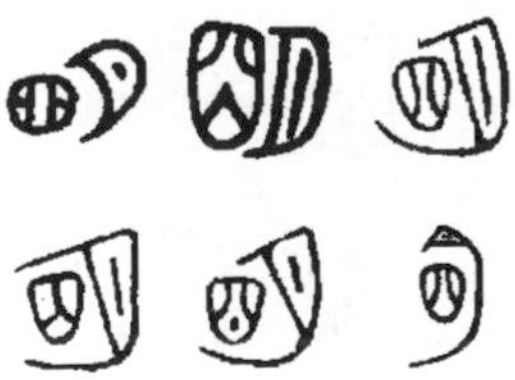

倉 ㄘㄤ cāng

甲骨文的倉字，從囧字的了解，可能是表達有屋頂，有可以開啟的窗戶的建築形。《04日常生活篇II住與行》介紹過，早期的房子，沒有可以開啟的門戶，只有一個進出口而已。有門戶是倉房的特殊建築，所以如此創造倉字。金文的字形❶，維持不變。

《說文》：「，穀藏也。蒼黃取而臧之，故謂之倉。从食省。口象倉形。凡倉之屬皆倉。，奇字倉。」小篆字形把戶字的筆畫延伸了，所以認不出是戶字，以為是食字的省形。如果對照甲骨文與金文的食字，就可以知道相去甚遠。所收錄的古文奇字是筆畫省簡太多了。如果沒有囧字的啟發，可就看不出倉字的創意了。

❶

秋 ㄑㄧㄡ qiū

甲骨文的秋字❶，有兩種字形。第一種是一隻昆蟲的形狀，這隻昆蟲前有兩根觸角，背上有翅膀，這是多種昆蟲通相的樣子。這個字在甲骨卜辭有兩個意義，一是秋季的時間副詞，一是某種自然災害。第二種字形是這隻昆蟲被火燒烤著的樣子。通過這兩個字形以及使用的意義，這個字應該是描繪蝗蟲的形象。

華北地區農作物收穫之前，經常遇到蝗蟲災害，成千成萬結群而來，把禾穗啃光後又成群而去。蝗蟲的災害比起水旱的災難更為厲害。《春秋》曾記載蝗蟲之災數十次。古代對於蝗蟲的災害沒有適當的防範辦法，因為蝗蟲有趨光性，所以常用火來撲滅。商人應當也是用

❶

同樣的辦法對付蝗蟲。由於蝗蟲是活動於夏、秋之際的昆蟲，古人就以蝗蟲代表秋季。商代一年只見春秋兩季，既然蝗蟲是活動於夏、秋之際的生物，可以推知商代的春季包含冬季，秋季包含夏季。好像一年的四季約當現在的冬春夏秋，而不是現在的春夏秋冬。所以，秋是以這個時期為害農作物的蝗蟲來表達。

金文的時代，現在所留存的四個字形❷，和商代的非常不一樣，須透過小篆才能明白何以有如此的變化。

《說文》：「，禾穀熟也。从禾，𤒅省聲。，籀文不省。」從所收錄的籀文字形，可以推論，甲骨文以火燒蝗蟲的字形，先是加上一個禾字增加說明秋季與收割禾穀的關係。同時把蝗蟲的形象錯畫成龜。但是這樣的字形太過繁雜，所以就把蝗蟲的形象去除，變成禾與火組合的結構。為強調秋與日期有關，就加上日

❷

的符號而成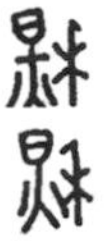，又有把日字錯寫成田。從字形演變的觀點看，這個字演變的過程，是由到，再到，簡略成，再繁寫成。現在則通行最簡略的從禾從火的秋字了。

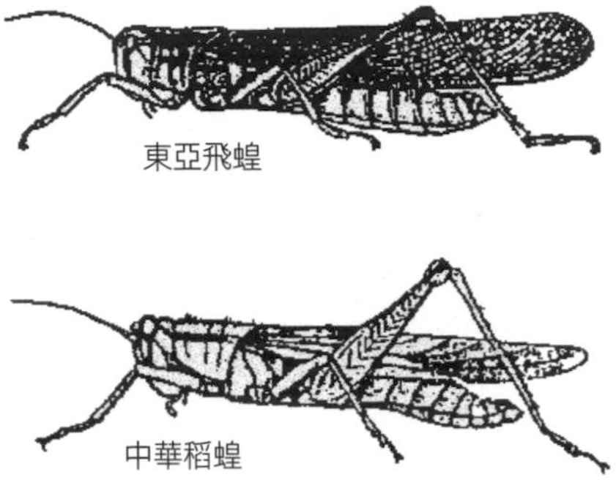

蝗蟲的形象。

㦰 ㄐㄧㄢ jiān

甲骨文有㦰字❶，一個戈，前端有像是兩個人字的裝置。《說文》：「㦰，絕也。从从持戈。一曰田器古文。讀若咸。一曰讀若詩：攕攕女手。」許慎解釋這個字有古代田器的意義。看起來，這個字像是長柄、有密齒的田器，可能是除雜草用的，也有可能用來打碎土塊。耕作時，經常必須打碎土塊。

❶

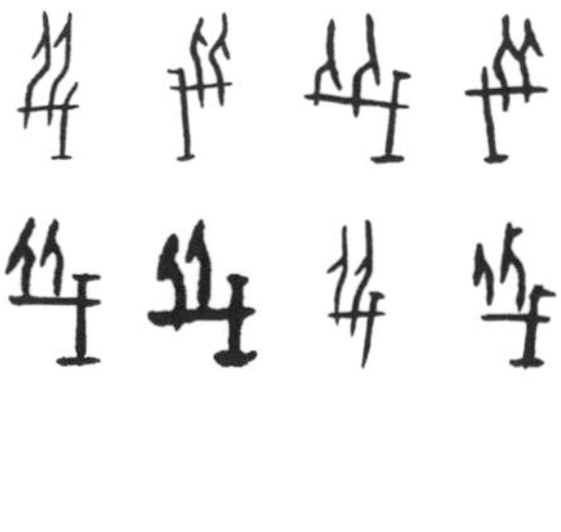

芟 ㄕㄢ shān

《說文》：「，刈草也。从艸殳。」從殳的部分，可能字形有所訛變。殳的字形是手拿一件器具的樣子，這件器物大多是做為打擊的，沒有見過做為農具用。甲骨文有一個字❶，在草叢中有一個乃形的東西。另有一個字，一隻手拿著一個乃形的東西。《說文》：「，曳詞之難也。象氣之出難也。凡乃之屬皆从乃。，古文乃。，籀文乃。」解釋為空氣很難釋出的樣子。但我們沒有辦法看出字形有這樣的表現。

乃是一種文法的用法，或是一種說明，或是事情的轉折，沒有具體形象可以描寫，應當是假借自表達某種東西的文字的讀音。有可能

❶

芟原先的字形是一隻手拿著一把除草的工具在除草的樣子，因為後代沒有這個字，而又與的字形相近，所以整個字形就變成了。這個字應該是表現手拿鋤草工具在除草的樣子。

3

農耕之餘

珍惜野外資源

在農業社會，人們衣食所需要的材料，主要由農耕與畜牧而來，所以比較迫切需要創造相關的文字，方便陳述日常生產相關的事情。人們雖然不會忽略野生動、植物的利用，但是這不是國家經濟重點所在，沒有創造相關文字的急迫性，也少見於文獻記載。後來，書寫普及，又了解到形聲字創造方式比較簡單，所以就大量製作形聲字，來表達各種事物與情境，而少見象形與表意字了。

人們種植五穀雜糧做為主食，也需要採摘野果、野菜，補充食物來源。以下介紹一些古人在野外常見的植物、常採摘的野菜野果，以及相關工具等表意字。

𠌶 ㄏㄨㄚˊ huá （華）

金文的𠌶字，即後來的華字，意義是花，字形❶是一株植物長了幾朵花的樣子，算是象形字。這株花樹沒有表現樹根部分，兩道平形筆畫大概是表現花苞，彎曲的筆畫表現已綻放的花朵。植物的花形多樣，以華字象徵性的代表所有花朵。

《說文》：「，艸木華也。从𠂹，于聲。凡𠌶之屬皆从𠌶。，𠌶或从艸、夸。」許慎分析為從于的形聲字，實在是沒有必要。後來加上草的符號成為華，使意義更為清楚。《說文》：「，榮也。从艸、𠌶。凡華之屬皆从華。」後來簡化為花。這個字顯示文字演進的前後階段。最先是象形或表意字，接著是加上意符或聲符而成為形聲

❶

字，最後再簡化為筆畫少的形聲字或表意字。

枼 一ㄝˋ

yè

甲骨文的枼字❶，一株樹上的樹枝有許多葉子。如果只畫一片葉子的形狀，就會和別的物體形狀混淆，所以要加上樹的形象，才容易明白這是指樹上的葉子。到了金文的時代❷，葉子的排列漸漸變形而看不出是葉子了。《說文》：「，楄也。枼，薄也。从木，世聲。春秋傳曰：楄部薦榦。」分析為從木世聲。世字與枼字不在同一個韻部，所以枼字本身是個表意字，不應從世聲。

金文的世字❸，明顯與枼字的上半不一樣。《說文》：「，三十年為一世。从卅而曳長之，亦取其聲。」因為世字有世代的意義，所以解釋字形為從卅而曳長之。但是三十的甲骨文字形❹，和金文的

❶

❷

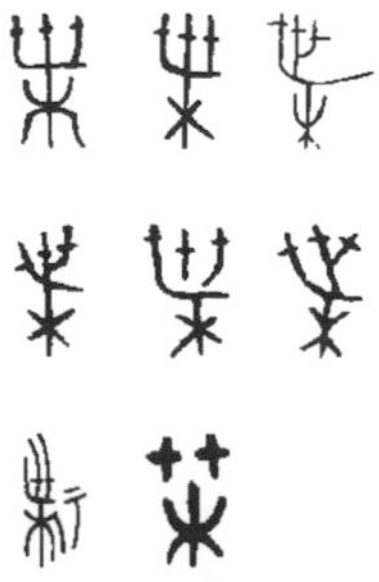

❸

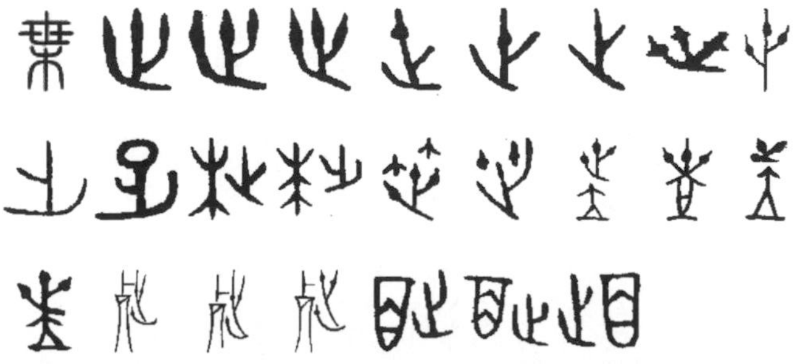

字形❺，三個十字都交會在一起，與世字不同。三十年為一個世代的說法，可能是後世對於字形的誤會而產生的。

世字原先可能是假借某種器具的用法，很可能是糾繩的工具。繩子是古代綑綁東西的材料，三條線才能糾成一股繩子。人們將三條線分別綁在一個絞盤的三個連結物上，一搖絞盤，三條線自然捲繞成一股繩索。繩索可以編織蓆子，可以綑綁木頭，可以懸吊屍體，所以各加上不同事類的字，而有❻等不同的字形。

❹

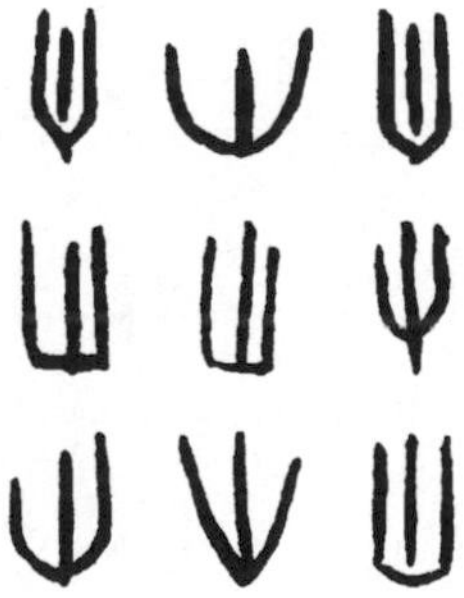

❺

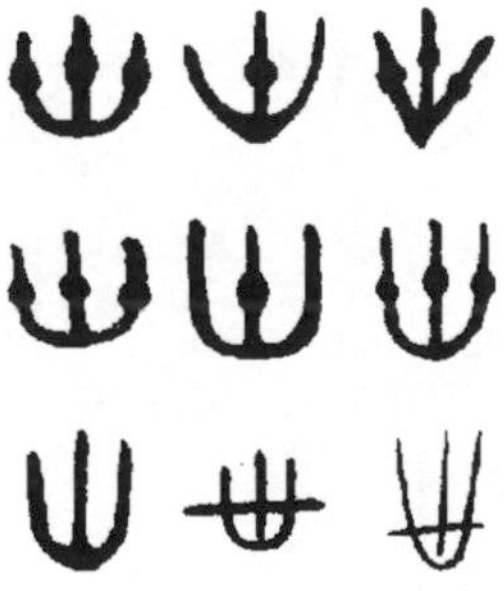

❻

本 ㄅㄣˇ běn 、末 ㄇㄛˋ mò

文字學有個專用的術語「指事」，是所謂創造文字的手法之一，為數不多，使用一道筆畫指示意義表達的地方。本與末字就是很典型的字例。甲骨文的木字是一棵樹木的象形字，所以在樹木的下端使用一點或短的橫畫，來指示樹木根本的地方，就是本字。同樣的，在樹木的上端使用一點或短的橫畫，來指示樹木末端的地方，就是末字。

金文的本字，以一小點指示出樹木的根基所在。《說文》：「，木下曰本。從木、從丅。，古文。」分析得有點問題，應該分析為木與一，不是丅。因為金文有一小點。這是典型的指示手法，解釋為「以一點或一畫指示出木之根本所在之處」比較好。樹根有多

條，所以也可以在每一根上加一點。金文的末字，一小點在木字的上端。《說文》：「，木上曰末。從木、從上。」錯誤之處與本字的分析一樣，若分析為「以一畫指示出木之末端所在之處」比較好。

朱 ㄓㄨ zhū

甲骨文的朱字，木字中間有一小點，比照本與末字，這一小點是用來指出樹木的中心，樹幹的地方。金文的朱字❶，小點漸變為短橫畫，或增為二橫畫。至於多一個穴的符號，算是增飾的繁複字形，或可能表達使用木柱以支撐礦坑坑道的意義。

《說文》：「，赤心木，松柏屬。从木，一在其中。」意義解釋為松柏屬的赤心木，解釋得不對。朱字的本義是株，赤顏色的朱是假借的意義。因為被借為朱色，所以又創造株字以表達本義。

❶

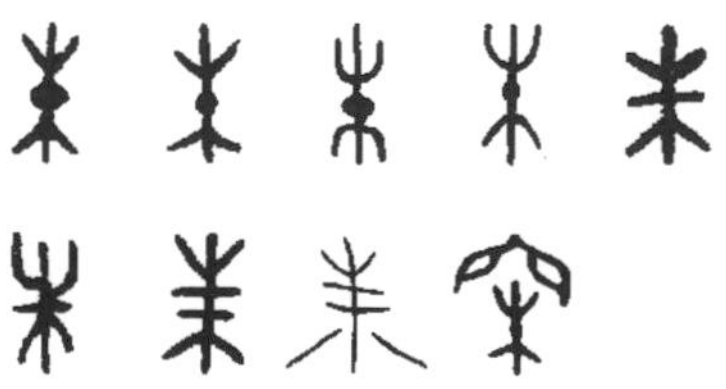

耑 ㄉㄨㄢ duān

甲骨文的耑字❶，剛長出的樹苗，帶著根鬚的形狀。根鬚旁的小點，是黏附在根鬚上的土屑。看來，為了某種目的（或是做為草藥），這根鬚被拔了起來，才有沾黏土屑的狀況。金文的耑字❷，小點已被省略。《說文》：「，物初生之題（額頭）也。上象生形，下象根也。凡耑之屬皆从耑。」解釋正確。後來又創造從立耑聲的端字，這是演變的常見現象。

❶

❷

韭 ㄐㄧㄡˇ

jiǔ

《說文》：「韭，韭菜也。一穜（ㄊㄨㄥˇ）而久生者也，故謂之韭。象形。在一之上。一，地也，此與耑同意。凡韭之屬皆从韭。」許慎解釋這個字，字形是象形，表現並排生長的韭菜的形象。這是可肯定的。但是說種植一次就可以長久、多次採收，所以才命名為韭，這就缺乏有力的根據了。多數植物，只要保留根部，大都可以連續生長。

蔥 ㄘㄨㄥ cōng

金文的蔥字❶，字形是蔥膨大的根部的樣子，為了與心字❷有所分別，就在上部多了一道點畫。這個字在西周銅器的銘文是用做聰明的意義。由於蔥與心的字形太過接近，所以就創造從艸，悤聲的形聲字。《說文》：「，菜也。从艸，悤聲。」

❶

❷

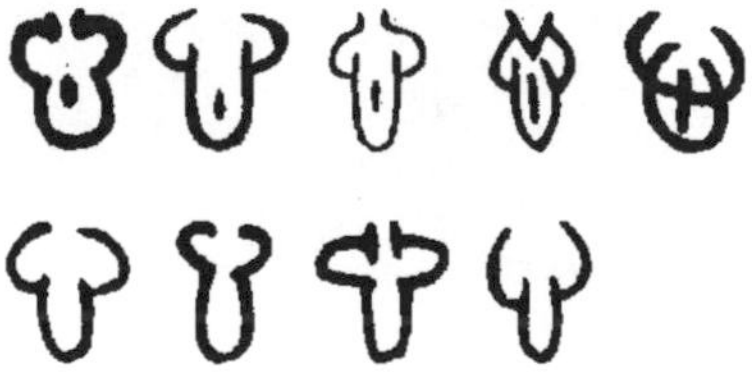

果 ㄍㄨㄛˇ guǒ

金文的果字❶，一株樹上結有一個圓形果實形。為了清楚表達果實，這顆果實還以點與畫說明裡頭含有滋味，可以食用。後來的文字，經常把小點省掉，所以成了小篆的字形。《說文》：「，木實也。从木。象果形在木之上。」解釋正確。

❶

𠂹 ㄔㄨㄟˊ chuí（垂）

甲骨文的垂字❶，沉重的果實使得樹的枝葉下垂的樣子。後來把果實省略了，就看不出何以枝葉會下垂了。《說文》：「，艸木華葉𠂹。象形。凡𠂹之屬皆从𠂹。，古文。」字形又有省略，根據小篆的省略字形，當然就看不出是果實的重量使枝葉下垂。這是強調果實成熟夠分量，才使枝葉下垂。這一點很重要，就像穆字，禾的仁實成熟而飽滿了，不但仁實下垂，連外殼的細毛也掉落下來，這時才是美味的階段，可以採摘了，所以才有美好的意義。不知為何，這個字形不流行，借用邊遠地方的從土𠂹聲的垂字去表達了。

❶

ㄍㄨㄚ

瓜

guā

金文有瓜字，一顆果實垂掛在藤蔓下的樣子。這是一般瓜果類植物的形象，用來表達這類植物或結實的瓜果。《說文》：「，尻也。象形。凡瓜之屬皆从瓜。」這是很容易看得出的象形字。但是解釋瓜的命名來自居住的意義，則是難有佐證的說法。

栗 ㄌㄧˋ lì

甲骨文的栗字❶，樹上結有許多外觀如刺的果實形。栗子的外表有如尖刺的表皮，裡面的仁實可以食用，是人們常食用的植物。後來栗子脫離樹而成三顆如卣(ㄧㄡˇ)形的果實。下文所介紹的乂(ㄧˋ)字，所剪取的就是這個形狀，也許乂字就是以摘取栗子來表達。

栗子樹有兩三個人的高度，站在地面用手摘取不到，需要使用器具。金文的字形 ，樹上的果實已演變得像菱形，所以有人誤以為這個字從木從齊。這個字的正確解讀，可以從西周中期的〈牆盤〉銘文得到證據（牆盤，亦名史牆盤。史牆盤是西周微氏家族中一位名叫牆的人，為紀念其先祖而製作的銅盤，因牆為史官而得此名）。盤

❶

上文字：「粦明亞祖祖辛，堙ㄣ毓子孫，繁髮多釐，栗角熾光，義其禋ㄣ祀。」（我的聰明的亞祖祖辛，能夠大量的培養教育子孫，得到繁厚的福祿以及眾多的福釐，如剛長頭角，崢嶸光亮如栗子形狀的幼牛，適宜接受為重要祭祀牲品〔比喻高等職位〕。）這是引用《禮記．王制》「祭天地之牛，角繭栗。宗廟之牛，角握。賓客之牛，角尺。」的比喻。祭祀天地所用的牛隻，要選用剛長角像栗子的幼牛。祭祀下一級的宗廟祖先所選用的牛，牛角要長成可握在手中的長度。如果是宴請賓客的宴席，就要用牛角已長成一尺高的壯牛。牆的亞祖祖辛，品德高尚，為第一等的級位，所以適宜指派為最高等的官職。

《說文》：「，栗木也。从卤木，其實下垂故从卤。古文㮚从西从二卤。徐巡說：木至西方戰㮚。」許慎分析為表意字，說是栗子下垂，所以使用卤字去創造。這種說法很勉強。果實大都有些重量，所以多呈下垂的樣子。其實栗子的顆粒很小，下垂的形象並不明

顯。此字的卣的形象是訛變的結果，和原來的形象已經有差異，不能拿來論證文字的創意。

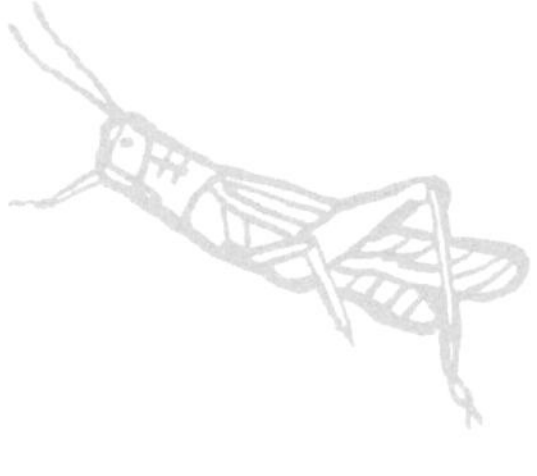

某 ㄇㄡˇ mǒu

金文有某字，一棵樹上有類似甘字形的東西。從使用的意義為「圖謀」來看，本義應該是梅字，假借為謀略的意義。樹上的東西不像梅樹的葉子，比較像是梅樹所結的果子。這個字不是利用甘的字形來創造。甘字❶口中含甘美的食物，捨不得很快吞下去，來表達甘美的意義。這棵梅樹上的果子形象稍有不同。古文獻常常提到梅樹、梅果。《詩．秦風．終南》：「有條有梅。」《詩．陳風．墓門》：「墓門有梅。」梅樹的果實味道酸，難於下咽，古人應是使用醃漬的手法製成可口的食物。

《說文》：「，酸味也。从木、甘。闕。，古文某从口。」

❶

其中「闕」是說明不知文字的創意。這是作者謹慎的地方，不將甘與木的關係解釋為梅果的味道甘美。

乂 ㄧˋ yì、刈 ㄧˋ yì

甲骨文的乂字❶，有兩個字形，前一形，雙手拿著一把摘取水果的工具，已經摘取了一個果實的樣子。接著就省略了被摘取的果實，再進一步，就又簡略成了後一字形，只剩兩道交叉的筆畫。這個字的辨識，有得力於《說文》的地方。《說文》：「乂，芟艸也。从丿、乀相交。刈，乂或从刀。」給予乂字的意義是「芟艸也」，讓我們得以推論甲骨文的早期字形，以及字形變化的過程。

由於乂字已經簡化得無法看出是剪草的形象，所以加上一把刀，成為刈字，意義就清楚了。從甲骨文的字形，知道這是早先摘取果實的方式，使用的工具不是直刃，而是像繩套一類的工具。原始的剪刀

❶

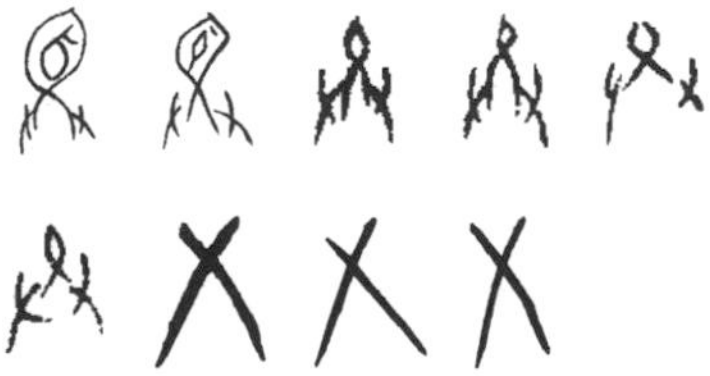

是鐵金屬發明以後，利用鋼鐵的韌性與彈性，打造成U形的剪刀，以單手壓捏端部，使前端的刃交叉而剪斷東西。後來才改良成現在的直柄而交叉的剪刀形式。

困 ㄎㄨㄣˋ kùn

甲骨文的困字有兩個字形。第一形❶，有一隻腳踏在一棵剛要長出來的樹苗上，樹苗無法正常成長，所以有困難的意義。小樹的兩旁或各有一個小點，這是字形演變的常態，具裝飾性質，沒有意義。第二形，一棵樹被困在一個小小的範圍內，沒有空間可以充分成長，所以也有困難的意義。

《說文》：「，故廬也。从木在囗（ㄨㄟˊ）中。，古文困。」幸好《說文》收錄兩個字形，知道以腳踐踏樹苗的較早字形。也許古人覺得第一形的創意不清楚，所以又創造第二形，形象是樹木生長在有限的範圍裡。兩形既然是同一個字，就不會是「故廬」的意義，而應該是困

❶

頓。如何使植物在適當環境中好好生長，是園藝的重要課題。如果過分密集栽種，植物就不能獲得充分伸展的空間，無法理想的成長。譬如甲骨文的秝(ㄌㄧˋ)字 ，並立的兩株禾，意義是稀稀疏疏。可以推論秝字的創意，來自禾的種植不能夠太密集，兩行之間需要相當的距離。同樣的道理，樹木被踐踏或種植在有限的範圍，就很難健康生長，所以才有困頓、困難等意義。

柳 ㄌㄧㄡˇ liǔ

甲骨文的柳字，由木與卯兩個構件組合，這兩個構件沒有固定的排列關係。我們已知留字是農田旁邊有灌溉用的水溝，可想而知，柳字的是表達水流旁邊的植物。大該是因為柳樹多種植於溝渠水邊的緣故吧。金文的柳字，承繼甲骨文的字形。到了小篆，兩個構件就固定為左右排列了。

《說文》：「，少楊也。從木，丣聲。丣，古文酉。」分析為形聲字。從甲骨與金文都從木從卯的字形看，柳與卯的聲與韻都不接近，可知柳字是一個表意字而非形聲字。

4

百工興起

各類器物製造

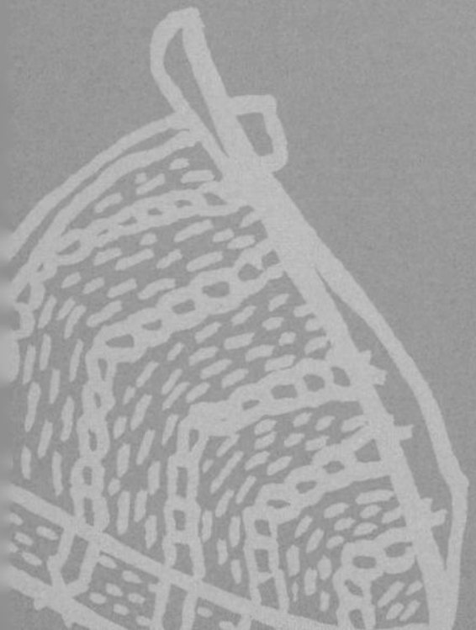

單只有農業生產，尚不足以應付人們生活所需。人類之異於野獸的最大特點，就是能夠利用各種自然物資，加以改造成為有用的器具，應付生活需要。

遠古時候，製造工具本是勞動生產之餘的業餘工作，隨著對工具精良的要求日益提高，愈來愈多的人專門從事精選材料、精研製造技術，做為謀生方式。於是就在原有男、女、老、幼等自然體能因素的分工以外，又形成更精細的社會分工。

從考古得知，早在仰韶文化時期，就有燒陶的地方與居住的地方分別設在不在同區域的情形。到了商代早期，冶銅、燒陶、製骨等不同專業的作坊紛紛建立，更有整個氏族以他們所專精的工作做為氏族名稱。《左傳》魯定公四年記載，周初分封給諸侯的商遺族，有索氏、長勺氏、尾勺氏、陶氏、施氏、繁氏、錡氏、樊氏、終葵氏等。從命名可看出，他們分別是精於從事繩索、酒器、陶器、旗幟、馬纓、釜、籬笆、椎等器物製造。從商代早期遺址發現，有些作坊的陶範，是專鑄造刀戈用的，有的則以鑄造鏃與斫為主。可知當時社會在生產製造方面，已有一定程度的精細分工了。

戰國時代所寫的《考工記》，記載各類器物的製造要領，大致將木、金、皮、石、土等五種主要材料以及特殊技術，區分為三十類工種加以介紹。木料方面，有輪、輿、弓、廬、匠、車、梓等七個工種。金屬方面，有築、冶、鳧、栗、段、桃等六個工種。皮革類有函、鮑、韗、韋、裘等五個工種。設色的技術有畫、繢、鍾、筐、㡛等五個工種。刮摩的技術有玉、楖、雕、矢、磬等五個工種。陶土類有陶、旊兩個工種。本章擇要介紹古代以石、骨角、竹、木為材料製造器物的相關文字。

百工一 石器製造

遠古的人們，向自然環境取材，製造工具和武器謀生。最容易取得的素材，就是木材和石材。捕殺野獸，石頭遠比木料有效，因為石頭厚重而堅硬，能予野獸致命傷害。破裂的石塊有銳利稜角，是致命武器，也是理想的切割工具。石器幫助人們砍伐樹木、剝取獸皮，增添可資利用的生活素材。

一百多萬年前，人類曉得敲打石塊製作工具，就進入舊石器時代。一旦進步到使用石頭磨擦石頭，做出更方便、更有效的工具，就進入新石器時代。石器磨製之後，形狀更符合理想，用途趨向專一，又可以增強刃部的銳利度，發揮更大作用。

石頭是人類最早倚重的材料，從舊石器時代起，就當做可以交易的物品。石器價格低廉，經得起風吹雨淋，缺點則是笨重樸素、不夠美觀，一旦有了更為理想的材料可以取代它，石製的器物幾乎就被人們遺棄了。

石 ㄕˊ shí

甲骨文的石字❶，初形大致作的形狀，表現岩石的一角，邊緣有銳利的稜角，可以做為切割的器具。但是這樣簡單的字形，很容易和其他同形器物混淆。因為人們常以這種有稜角的石塊來挖坑洞、築穴居、挖陷阱捕捉野獸，所以就將原有的岩石一角，又加上一個坑陷的形象，而成，表達石器的用途主要是挖掘坑洞。

金文的石字❷，把有銳角的石塊形簡省成厂，就難看出石塊的創意了。《說文》：「，山石也，在厂ㄏㄢˇ之下。，象形。凡石之屬皆从石。」進一步把坑洞的形狀訛變成為圓形，誤以為石字是表現渾圓的石卵形，這就無法還原古人曾經長期以石頭為工具的生活樣

❶

❷

貌，無法重現石頭在原始社會的用途與價值了。

石塊是容易取得的材料，但是質地各有不同，有些易於打造成條狀的刮削器，有些可以製作敲打器。有銳角的可做切割或鑽孔器，有些則質地細緻，可琢磨成美麗飾物。在使用石器的過程中，人們漸漸講求工具效能，懂得尋找適當石材打造合用的工具。不同質地的石材，不易在同一地區獲得，很可能就促成交換石材或成品的商業行為。對各類石材的認識與要求，也可能導致冶金術的發明。

磬 ㄑㄧㄥˋ qìng

甲骨文的磬字❶，一隻手拿著一個敲擊工具，打擊一塊被懸吊在一個架子上的石頭形。以樂槌打擊的只有石磬，所以這是打擊石磬、發出聲響的樣子。如果只描繪一塊石磬的形象，就會和很多物體混淆，要使用演奏磬樂的形象，才容易表達磬的意義。

磬本來沒有一定的形狀，在《02戰爭與刑罰篇》介紹的工與攻字，是長條形的。磬字所表現的大致是近三角形的（如141頁圖）。後來就定型為倒L的形狀了。《說文》：「，石樂也。从石。，象縣虡之形。殳，所以擊之也。古者毋句氏作磬。，籀文省。

❶

，古文从巠。」解釋像是打擊一件懸吊在磬架上的磬，解釋得很正確。

磬的造型簡單，容易製作，質材便宜，操作也簡單，聲調又悅耳，理論上出現的時間應該很早。但是目前所知的考古資料，最早的實物不早於西元前二千年，比較起六千多年前的骨哨和陶塤(ㄒㄩㄣ)，時間晚了很多。為什麼呢？骨哨和陶塤大概是因為工作需要而製作的，所以產生的時間早；石磬可能是因為順應較晚時代的特殊需要，以致於製作的時代較為遲晚。

石磬的聲波能夠傳到遠處而不會使人聽了感到煩躁，因此成為後世廟寺常有的設備，可以用它召集人員。先秦時代，有石編磬隨葬的人，其地位往往高於有造價甚高的銅編鐘隨葬的人，由此推測，磬在早期，可能是一種警告敵人入侵的敲打器，是擁有大量徒眾的貴族所需要的，也是高權位者的象徵。

磬出現的時代，與中國進入國家階段相當，兩者之間有點關聯。西元前二千年，中國正是進入國家制度化，農業高度發展，為爭資源而戰爭頻繁的階段，這時製作磬這種可以召集人員的器具，是合理的。有頻繁的戰爭是較為後期的現象，所以磬的出現晚於笛、哨。江淹〈別賦〉：「金石震而色變，骨肉悲而心死。」文中的石就是石磬，反映磬在後代仍與軍事行動有關。

《禮記．樂記》：「君子聽磬聲則思死封疆之臣。」同樣表現出磬與軍事的關聯。磬的讀音與慶相同，商代已幾次見到石磬雕成魚的形狀，除了美觀以外，可能還有「餘慶」好兆頭的意思。中國很早開始就喜歡用同音的器物表達意義，如猴子騎在馬上，用以表達「馬上封侯」的祝詞。

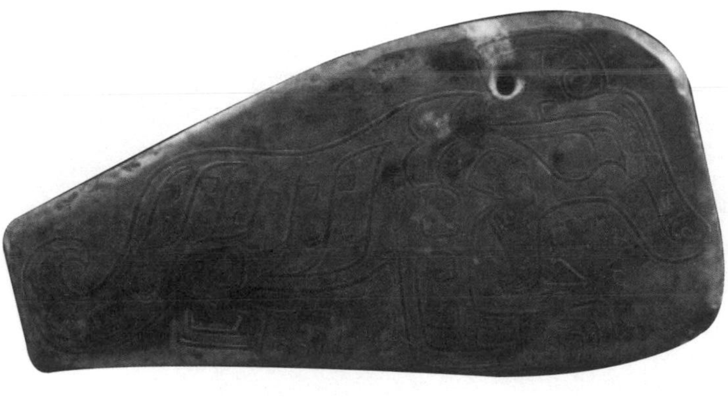

石灰岩磨製虎紋石磬
長 84 公分，河南安陽出土，商代晚期，
西元前十四至十一世紀。

玉 ㄩˋ

yù

甲骨文的玉字❶，很多玉片用繩索穿繫起來成為玉飾的樣子。金文的字形❷，懸吊的繩索省略了。《說文》：「王，石之美有五德者。潤澤以溫，仁之方也。鰓理自外，可以知中，義之方也。其聲舒揚，專以遠聞，智之方也。不撓而折，勇之方也。銳廉而不忮，絜之方也。象三玉之連，丨其貫也。凡玉之屬皆从玉。，古文玉。」很正確的解釋為三塊玉串連的形象。

只要石頭的材質緻密堅硬，可以磨出帶有光澤的表面，就可以稱為玉。不過，科學定義的玉，是輝石類而且高硬度；莫氏硬度六級到六點五級是軟玉，達到七級的是硬玉，兩者的晶體組織有所不同。玉

❶

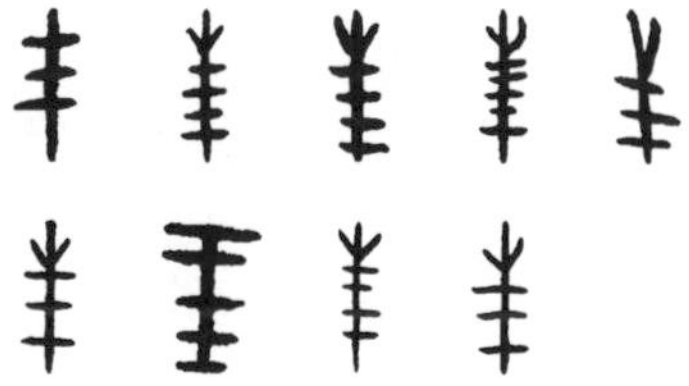

❷

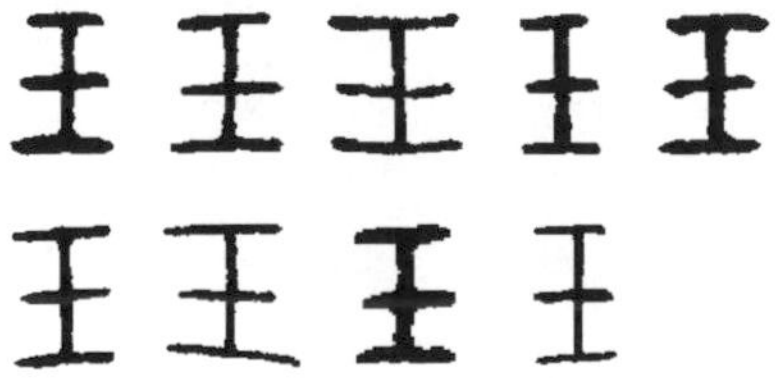

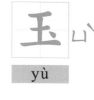

因為所含的雜質、所受的風化以及人為加工等等因素，顏色有青、綠、白、黑、褐等。如果不使用儀器，很難從表面鑑定。古人所能依據的大概只有它的重量感了。所以鄭玄註《考工記·玉人》有「玉多則重，石多則輕」的解釋。

古代中國本土並不生產玉料，商代的玉，大多來自現今新疆和闐及葉爾羌。以古代的運輸狀況，需要半年時間才能把玉石運輸到中國，然而，商代出土的玉器數量卻可比美青銅器，如此不惜金錢大量從遠地輸入玉石材料製作玉器，必然有其社會功能。

中國於西元前五千年開始使用玉。但西元前三千年才見大量使用。那時的中國社會，已經開始分化階級。有人不必勞動，可以依賴他人的生產成果過活。在階級分立的社會，世界各地普遍有穿戴某些裝飾物以表達其特權及特殊地位的現象。常見的裝飾，有罕見的鳥獸羽毛、齒牙、金銀、寶貝。中國人選擇了玉，做為權威的象徵。古代玉器主要是做為貴族權位的象徵以及裝飾品。

做為貴族身分地位象徵的這類玉器，有的直接仿製刀、斧等武器或工具的形狀，或製成變形的圭、璋、璜、琮等，都是禮儀的用具，它們是地位高的貴族賞賜給小貴族做為合法權位的信物。一如非洲內陸的土人，如果沒有海貝，就沒有當酋長的資格。中國古代也許有類似習俗，所以貴族們不惜金錢也要取得它。

另一類用途是做為裝飾品。玉有溫潤光澤的表面，很美麗，做為隨身配戴的飾物，既美觀又可誇示財富。而且玉石不會敗壞，價值可以長久保存。玉石還有一個特點，因為質堅而細緻，磨成薄片相撞擊時，聲音悅耳。做成隨身佩帶的璜珮等飾物，行步時鏗鏘有聲，更顯貴族的尊貴。尤其是統治階層要表現他們悠閒又莊重的形象，玉珮撞擊的聲音，也有節制步伐的作用。配帶成串玉珮，會妨礙工作進行，不是勞動者適合穿戴的，卻正合標榜形象高貴的貴族心意。所以君子修身所追求的許多美德，也都被比附為玉的特性。《說文》說玉具有仁、義、智、勇、潔的五種美德，表現了玉在中國士人、君子心目中的崇高地位。

璞 ㄆㄨˊ pú

甲骨文有一個字❶，一座深山內，一隻手拿著一把挖掘的工具，旁邊有一塊玉與一個籃子的樣子。可以推測這個字表現的是發掘玉璞的作業情形：在一座山巖內部，一隻手拿著挖掘工具的鑿子，挖到玉璞，放入籃框，以便運出山洞。所以璞就是指未經琢磨的玉璞。這個字在甲骨卜辭做為撲伐的意義，可以證明本義是璞，借用為撲伐。

原本的字形太過繁複，後來巖的部分就省略了，接著籃框也省略了，只剩下一塊玉與雙手拿鑿子的部分。《說文》遺漏收錄這個璞字，但有業字。《說文》：「，瀆業也。从丵、从廾，廾亦聲。凡業之

❶

屬皆从業。」、「，給事者。从人、業。業亦聲。，古文从臣。」以為是奴僕雙手持著打掃的工具。比較了金文僕字❷的字形，甲骨文的字形比較像挖掘的工具而非打掃的工具。璞的意義是未經加工的事物，玉璞要經過長期間的琢磨才能製成玉器。

❷

玨 ㄐㄩㄝˊ jué

甲骨文的玨字❶，兩串玉片並列的形象。卜辭做為玉珮的量詞使用。可以推論，玉串首先是做為頸飾，兩串的長度相當，這是很多民族都使用的方式。然而，自從黃帝在腰際懸掛玉珮以示不戰的決心，予民休養生息，從此就改變了習俗，以玉珮做為不事生產的貴族服飾，但是在計算玉珮的數量時，依舊使用玨字。《說文》：「玨，二玉相合為一玨。凡玨之屬皆从玨。，玨或从㱿。」

❶

玉玦
外徑 2.8-2.9 公分，最早玉器。內蒙赤峰興隆洼出土。
8200-7400 年前。

弄 ㄋㄨㄥˋ nòng

甲骨文的弄字❶，在一個山洞裡，兩隻手把玩一塊玉的樣子。玉石是貴重物資，這個字是在表現挖掘到質量高的玉璞，喜不自勝的把玩，所以有玩弄的意義。

最先的字形，有高峰的山洞，有具體的矩形玉璞，因為太過繁複，首先省略山峰以及玉璞的筆畫，接著就連山洞的形象也省略了，變得像是把玩已琢磨完成的玉器。到了金文的時代，就把表現玉璞的工形，改為玉串的玉字形❷，使雙手把玩玉器的意義更清楚的表達。《說文》：「，玩也。从廾玉。」正確解釋把玩玉器的意義。

❶

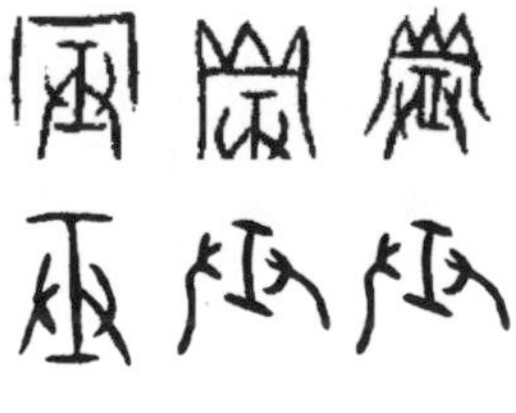

❷

百工二 骨角器製造

古人以動物的骨或角來製作器物，雖然可能不如應用石頭與樹木那麼早，但也是從相當久遠以前就開始應用骨角器了。遠古的人們，用石塊敲碎動物的骨頭，吸食骨髓，那時應該就已發現骨頭的特點而加以利用，起碼幾十萬年前就知道應用獸骨了。骨與角破裂的邊緣頗為尖銳，可用來挖掘和刺殺，是很有用的工具和武器。在考古發現的早期遺址，就發現磨製的骨器，時代比使用磨製石器的時代還早，有可能磨製石頭製作石器，是受到磨製骨器的影響呢！

骨 ㄍㄨˇ gǔ

甲骨文的骨字❶，一塊動物肩胛骨的形狀。是比較完整的形狀，包含最上部的骨臼。是把骨臼省略的形象。表現骨上有占卜過的裂紋形象。這個字形提示我們，這個骨頭是牛肩胛骨，而且是已經過了鋸削、修整、挖刻、鑽鑿完畢，可供燒灼占卜了。

牛肩胛骨在商代的最大用途是用來占卜問疑解惑，所以用它來代表一切骨頭。古人認為骨頭有神靈，可以幫助人們解決困難。因為渴望得到鬼神的指示，確認合宜的行動方針，避免做錯事而導致災難，所以要問卜，解決疑惑。可能占卜有預知未來禍福的功能，所以骨字除了代表骨頭的意義，還有災難的意義。例如最常見的，每句都要占

❶

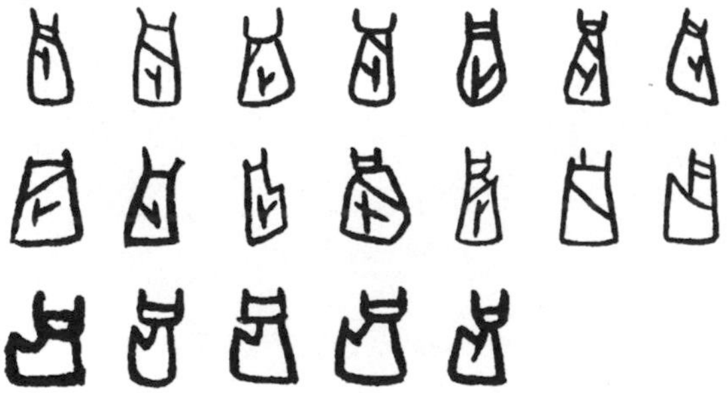

卜的「旬亡骨」的句子，應該讀為「旬亡禍」，意義是：「下一旬的十天不會有災禍的，是嗎？」

商代人們認為骨頭有預知未來的神力，燒灼骨頭使它裂開形成紋路，依紋路的形狀，就可顯示答案。《說文》：「，剔人肉，置其骨也。象形。頭隆骨也。凡冎之屬皆从冎。」、「，肉中覈也。从冎有肉。凡骨之屬皆从骨。」這是把甲骨的字形反過來了，所以才誤會是冎字是頭蓋骨的形象。人類的骨頭大都附有筋肉，所以冎加肉成為骨字。

角 ㄐㄧㄠˇ jiǎo 、解 ㄐㄧㄝˇ jiě

甲骨文的角字❶，一隻下端膨脹粗大而上端尖銳的角狀東西。古代華北地區的動物，有這樣形狀的角，無疑是牛。甲骨文的解字，雙手要把牛角拔起來的樣子，依此可以確定，角的創意是利用牛角來表達。牛角是人們最常用來製作器物的角質，所以以牛角代表角質的東西以及尖角。

金文的字形❷，把交會線條的一端延伸出去，久而久之，又在延伸的筆畫上加了一個小分叉而像是刀字，就變得很不像牛角了。所以《說文》才附會解釋：「，獸角也。象形。角與刀魚相似。凡角之屬皆从角。」說獸角的形狀與刀魚相似了。

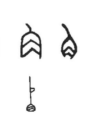

❶

❷

甲骨文的解字，表現用雙手把牛角拔起來的樣子。在不使用器具的情況下，是否能夠徒手把牛角從牛頭上拔下，令人存疑，這應該只是象徵性的表現方法。可能因此金文的解字❸就把雙手換成了一把刀。用刀做為工具來拔除牛角，比較合理，所以這個字也就定型了。

《說文》：「解，判也。从刀判牛角。一曰解廌，獸也。」字形又做了重整，特為強調角的部分，變成角大牛小的字形了。因為牛角是古代很有用的材料，剖取牛角是當時常見的景象，所以假借表示分解、解析的概念。

骨質輕盈、堅硬而且耐磨，是製作器物的理想材料。但是牛角受形狀限制，大多用來製作細長或寬平形狀、不易用石材打造的東西，像是錐針、箭鏃、魚鏢、人身裝飾品之類的小物件。在漁獵時代，所捕獵的動物種類很多，所以取用的材料也遍及各種動物骨角。到了農

❸

業發達的時代，狩獵已不再是維生的主要方式，於是普遍就近向家畜的牛隻取材。骨與角是食用家畜的副產品，材料易得而價格不高，人人用得起，所以產品多。考古發掘一處西周時候的骨作坊，出土了四千多公斤骨料，約使用牛一千三百頭、馬二十一匹。出土物件顯示，作坊製作產品，發展到專門製作如骨笄（ㄐㄧ）的單一商品。

古代成年男女都結髮，需要使用骨笄把頭髮束起來，使頭髮不鬆散。東周以後，因為有更為美麗的材料，骨製品大為減少，比較重要的大概就是製作角弓。那時的弓以木為體，塗上融化的角質。弓發射力道的強弱，和所塗角質厚薄有關係。弓是遠攻的主力，製作需要講究。依《考工記．弓人》記載，冬折幹，春液角，夏治筋，秋合三材，春被弦，要經一年的時間才能完成。弓是武士勝敗生死所繫，不能不嚴格要求精良製作。

百工三　竹材製造

石頭、骨角之外，自然界中容易獲得的材料還有竹與木。人類利用竹、木材料，起碼與利用石頭同樣歷史悠久。很多時候，竹木的材料不必經過改造就可以立刻使用，比起石頭更為方便。但竹木材料容易腐敗，不像金石、泥土器物能夠長久留存於地下，所以才不見於早期的遺址。以下從竹的特性與應用，介紹與竹相關的字。

竹 ㄓㄨˊ zhú

甲骨文的竹字❶，兩枝下垂的竹枝與葉子的形狀。為了適合文字結構的形式，就改變為分開的兩枝竹葉形。金文少見竹字，但頗多做為義符使用，如筍字。《說文》：「，冬生艸也。象形。下垂者箁箬也。凡竹之屬皆从竹。」

現在竹子多生長在華南地區而少見於華北。但是中國在文明初期的氣候遠較今日溫暖得多，竹類植物不難生長，所以也是常見的植物。竹有本身形狀的限制，用途不如木材廣泛，最常見的是用竹皮編織生活用具，諸如笥、扇、籃、蓆、筒、蓋、箕、樂器等等，也用竹製作軍事用途的弓與矢。但在有歷史的初期，竹子的最大功用是製作

❶

書寫用的竹簡。竹節容易被劈裂成為細長的平面，可以使用毛筆在竹面書寫，細長的平面，影響中國人習慣採用直行書寫以及從右往左書寫。

其 ㄑㄧˊ qí

甲骨文的其字❶，從棄字可以了解是簸箕的象形字，用以傾倒廢棄物。簸箕大致是使用竹皮編織而成，所以後來有的字就加上竹的偏旁，表明製作的材料。

其，在甲骨卜辭都做為表示不確定的語詞，很清楚是假借的意義。本義的字形後來繁寫成箕。金文的其字❷，字形多樣化，有助於了解字形演變的過程。是最為寫實的字形，其次是，省略編織的紋路，有些又省略成。然後是往繁複的方向走，先是在字的底下加兩點或一短畫而成，然後合併成。或加上一人以雙手持拿的形象，或把簸箕的本形省略而成。由此又變成

❶

另一個同音的亓（ㄑㄧ）、丌（ㄐㄧ）字。

《說文》：「箕，所以簸者也。从竹、𠀠象形。丌，其下也。凡箕之屬皆从箕。𠀠，古文箕。[illegible]，亦古文箕。[illegible]，亦古文箕。[illegible]，籀文箕。[illegible]，籀文箕。」所錄籀文的字形，多加了一個匚字，因為匚也是竹編的器物。

曾侯乙青銅箕
高 5.2 公分，長 29 公分，口 25.3 公分，
戰國早期，約西元前五世紀。

❷

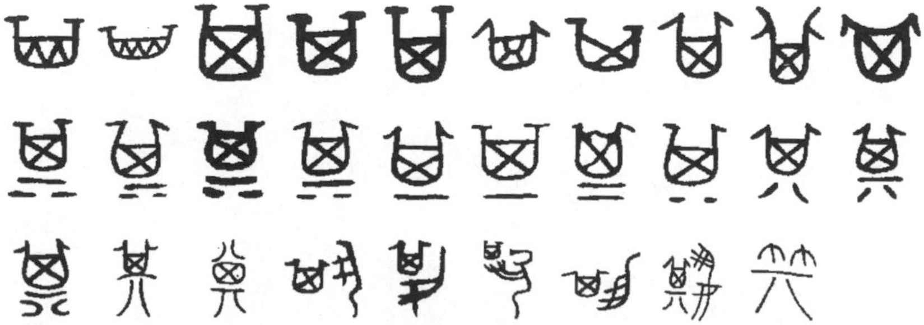

匚 ㄈㄤ fāng（框、筐）

甲骨文的匚(ㄈㄤ)字❶，是一件容器的形狀，這件容器不像「其」字有編織紋，有可能是木頭所劅(ㄓㄨㄛˊ)挖出來的容器形。商王的早期祖先報乙、報丙、報丁，就寫作乙丙丁在這樣的框框中，很可能這是初期的神靈駐在的地方，後來才改變為有平臺的示字。金文字形，基本不變。《說文》：「匚，受物之器。象形。凡匚之屬皆从匚。讀若方。，籀文匚。」解說正確。這類的容器，製作材料有木頭的，後來就寫成「框」字，有竹編的，就寫成「筐」字。

❶

曲 ㄑㄩ qū

字形與匚字相近的有曲字。金文的曲字，一件有九十度角的彎曲器形。這件器物上有編織的花紋，所以也是竹編的籃框類的器物。看起來這是側面的形象，借以表達彎曲的抽象意義。

《說文》：「，象器曲受物之形也。凡曲之屬皆从曲。或說曲，蠶薄也。，古文曲。」因為收錄古文的字形，可以了解小篆改為器形的前視形象，變成與匚字的區別是字形方向不同。

甾 ㄗ zī

甲骨文的甾字❶，從字形來看，應當是使用竹皮或藤條所編織的容器形狀。延伸出去的三條線，是編織材料的末端，沒有修整整齊的樣子。這個字在甲骨卜辭是指方位的西方，所以可以了解很多變形的寫法。後來本義成為甾字，假借義成為西字。金文的甾字  ，大致保留甲骨文早期的字形。

《說文》：「，東楚名缶曰甾。象形也。凡甾之屬皆從甾。，古文甾。」解釋字義是東楚的陶器名稱。這個解釋有問題，陶器不會有如此未經修整的型態。

❶

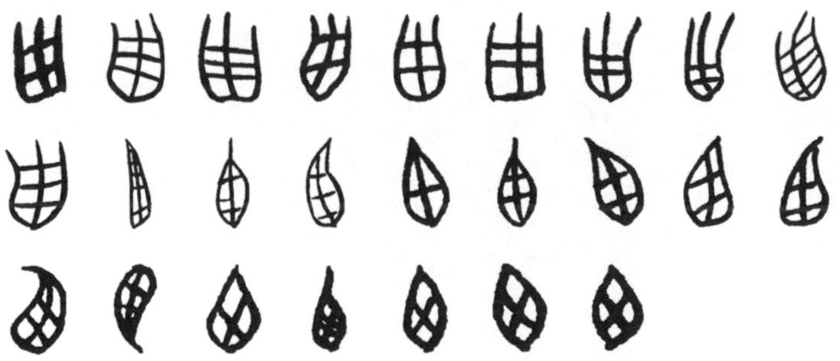

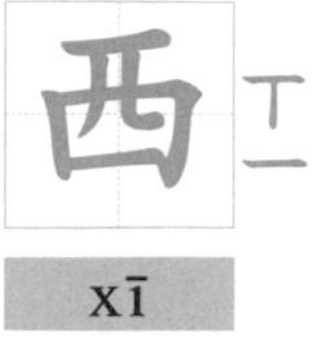

甲骨文的西字，早晚的字形差別很大，因是使用為西的方位意義，可以了解是前後的字形。金文的西字❶，和甲骨文後期的字相當，可以了解是從變成，再變成，最後成為。小篆的字形又進一步訛化，好像是鳥棲息於巢上的樣子。

《說文》：「，鳥在巢上也。象形。日在西方而鳥西，故因以為東西之西。凡西之屬皆从西。，西或木、妻。，古文西。，籀文西。」鳥確實有在太陽西下時面對太陽送別的習性，但從甲骨文的字形可以明白，西字的創造和鳥類是沒有關係的。

❶

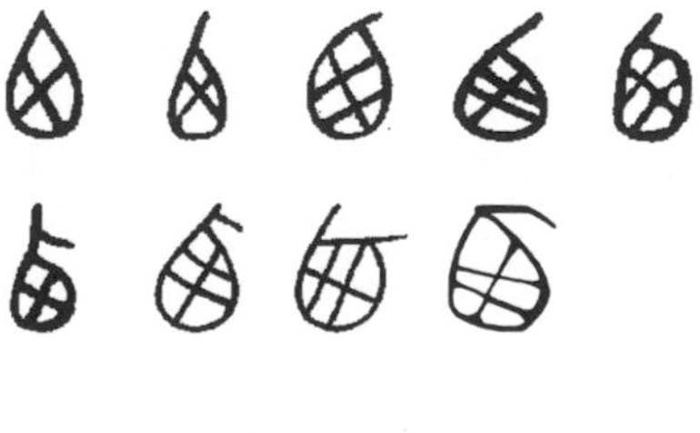

百工四 木材製造

甲骨文的木字❶，一株有根幹以及枝枒的樹木形象。樹的種類多樣，有質輕的，有堅韌耐用的。做成各種大小物件，皆有合適的材料，而且損壞後還可改做別的用途。除了殺傷能力較差、不宜暴露於風雨這兩個缺點外，木材在其他方面都比石材優越，對人類的重要性始終不減，不因銅、鐵、塑膠等新材料出現而降低其實用價值。

《考工記》所分類的三十個工種，大致是依製作的用器種類分類的。專攻木作的，有輪、輿、弓、廬、匠、車、梓等七個工種。匠人是建造大型的建築工程，輪人、輿人、車人是製作結構複雜的車子，廬人、弓人是製作兵器的，梓人則製作日常用器。種類只有七類，而解說文字卻佔全書三分之二，可以想見木材是最實用、最普及的材料，所以記載也就特別詳細。

❶

人類從百萬年以前就會利用自然界的材料。木頭是自然界隨處可得的材料，但受限於本身的形制與大小，需要用工具去改變木頭的長度與厚薄，才能廣泛應用，製作各種器物。因此，要等到人們普遍使用石頭、銅鐵等堅硬、銳利的切割工具以後，木工與木製品才有條件蓬勃發展。所以新石器以後漸有木器，但直到春秋時代使用鋼鐵工具，木器的使用才大放光彩，取代了青銅器。現代雖有較輕便耐用的塑膠與玻璃材料，仍不減木頭的使用價值。

相 ㄒㄧㄤˋ xiàng

甲骨文的相字❶，一隻眼睛在檢驗一棵樹的樣子，所以有分析、檢驗以及判斷價值的意思。木頭的種類很多，質材也各有不同，有時，一件木器的不同構件，要使用不同的材質去製作，才會是理想的作品。例如車子，輪子與輪軸需要堅韌耐用的木材，車架需要質量輕的，而牽引車子的輈（ㄓㄡ）就得選用能煣曲的材料。所以，木工要對各種木材的性質有充分認識，才能發揮各種木材的最大效用。有時，不但要講究使用的木材種類，甚至連取材的年份及季節也要講究。

金文的相字❷，眼睛的方向可以或直或橫。

❶

《說文》：「相，省視也。从目、木。易曰：地可觀者，莫可觀于木。詩曰：相鼠有皮。」就一律寫為豎直的眼睛形狀。

❷

匠 ㄐㄧㄤˋ jiàng

製作木器的人叫匠。這個字目前不見於甲骨與金文。《說文》：「匠，木工也。从匚、斤。斤，所以作器也。」表現一把斤在工具箱裡的樣子，以木工經常使用的工具表達他們的職業。

工匠是改善人們生活的重要社會成員，能夠用工具創造財富的人，其身分、威望自然比一般人高。所以《考工記》有百工之事皆聖人所製作的說法，說明早期的工匠是備受崇敬的。

折 ㄓㄜˊ

zhé

砍伐樹木後，要截斷成一定的長度，剖為薄板，才能廣為應用。

甲骨文的折字❶，一把斧斤把樹木砍斷成兩截的樣子。《02戰爭與刑罰篇》介紹過，斤字是一把在木柄上綑縛石刀或青銅的伐木工具。使用長柄的斧斤，不但可以增加雙手揮動的砍擊力道，也可減少對手掌的反彈力。折字在於表現把木材橫向砍斷，截取合適的長度。被砍斷的兩段木料，應該作木字的上下兩半，漸漸演變為同方向的兩個屮。

金文的折字❷，延續這個不正確的字形，或兩屮之間多了兩道短的橫畫，大概是要強調已經截斷的階段。《說文》：「，斷也。从斤、斷艸。譚長說。，籀文折。从艸在仌中。仌寒故折。，篆

❶

❷

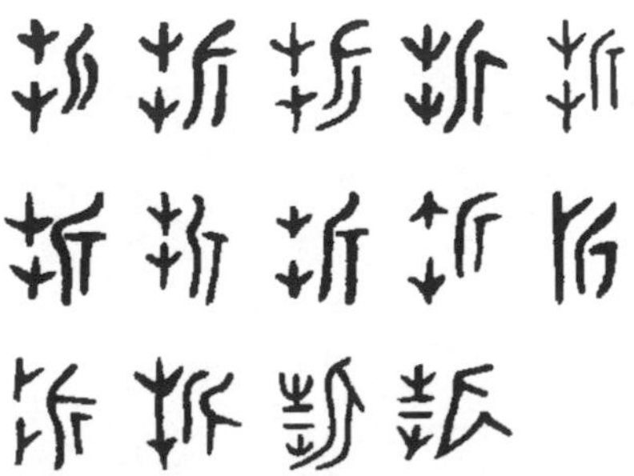

文折。从手。」小篆的字形，把兩個中連接起來而成為手字，就失去把樹木截斷的創意了。

析 xī

甲骨文的析字❶，手持一把斧斤對著一棵樹縱向切割的樣子。這是把木材處理成不同厚薄木板的意思。模擬古代的做法，如下頁圖，是先用斤在木幹上砍了一個個小洞，然後使用成列的小石塊打進木幹的小洞裡，慢慢敲打石頭，就把樹幹給分裂成兩塊。經過多次同樣的手續，就可以把木幹處理成一片片細薄的板狀了。

金文的析字❷，有的把木旁寫成了禾字。《說文》：「析，破木也。一曰折也。从木、从斤。」不應只解釋為從木從斤。木和斤是有互動的，解說為以斤破木比較好。

❶

❷

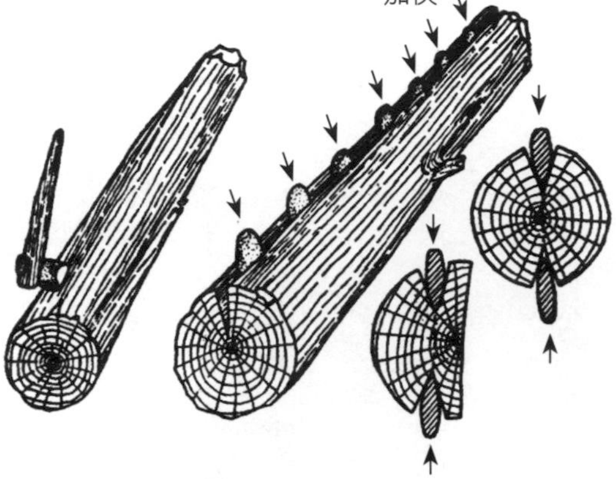

以石斧縱裂木材，示意圖。

片 ㄆㄧㄢˋ piàn

《說文》：「片，判木也。从半木。凡片之屬皆从片。」字形是把木分成左右兩半，也就是使用斧斤將木幹縱向切割成為木板。木板是平而無枝節的，這個字不是實物的寫真，需要想像意會。

發現於浙江餘姚河姆渡六千三百年前的木器，不但已經裁切為薄板，而且進步到還帶有榫（ㄙㄨㄣˇ）卯以及企口板。所謂榫卯，是以石鑿或骨鑿敲擊成凹下的方、圓等不同形式的卯眼，套接其他有凸出的榫的構件，就可以連接成各種各樣的形狀。企口板則是在木板的兩側鑿出企口來，以容納另一塊有梯形截面的木板，緊密銜接為無隙縫的平面。有了這兩種技術，大部分的箱、櫃、几、床等家具都可以製作出來了。

河姆渡的人們只用石與骨的工具，就製造出如此巧妙的構件。到了有青銅與鐵器的時代，其技術的精巧，必會進一步提高。商代雖然沒有發現完整無損的木材工藝品，但從反壓印在泥土上的複雜花紋和艷麗的色彩，都可以想見當時木工工藝的高超。

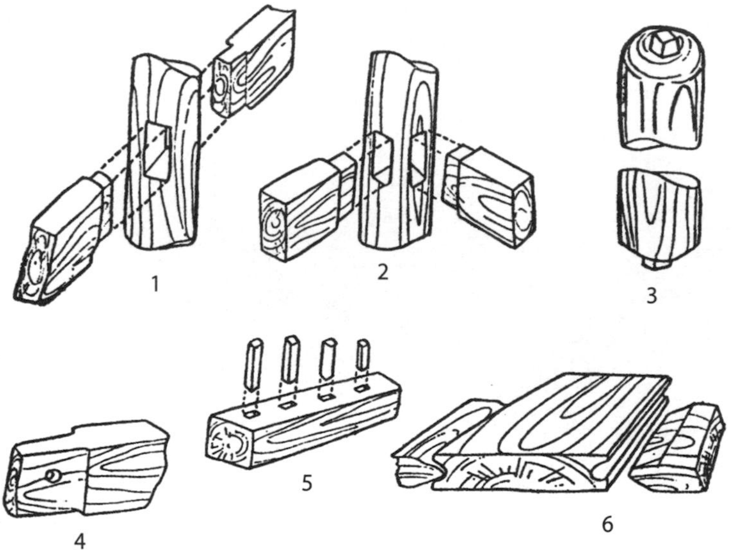

河姆渡遺址出土的具有榫卯與企口的木構件。

乍 ㄓㄚˋ zhà

甲骨文乍字❶，意義是建築城邑、建築物一類的工程。像是某種工具的形象。金文的字形❷，把本來是與分離的形體變成了一體了。《說文》：「，止亡詞也。从亡、一，有所疑也。」所以就不能說出文字創意的所以然來。

從這個字的意義與建築有密切關係，可以推測它是有關木工的某種工具。大致是一把刨刀的形狀，下端翹上的部分是表現手把，前端是用以拋光的刃。則是刮削下來的木片碰到刨刀而轉向，一如第二章所介紹的疇字，犁起的土塊碰到犁壁而形狀扭曲。至於另一寫法的部分，大概是表達木材的鋸削痕跡。拋光是木器美化的步

❶

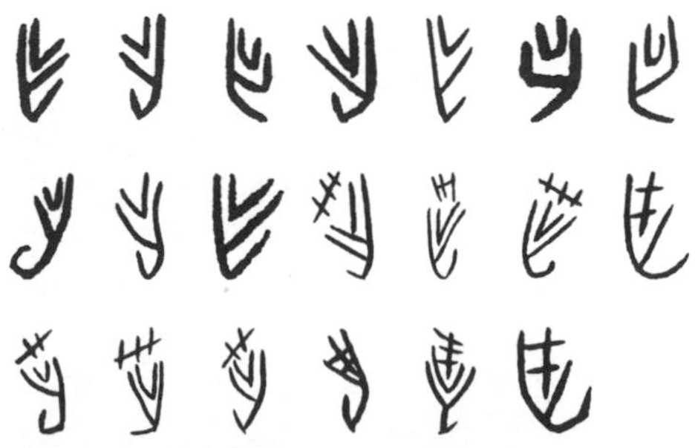

❷

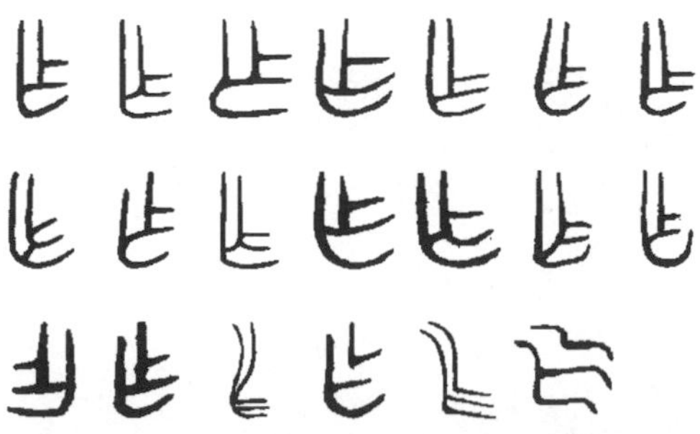

驟，有了這道手續，木器的魅力才會顯現出來。木器的製作少不了這道手續，所以用以表達建築物的製作。

刨刀是單手操作的，所以戰國時代的中山壺，乍字作，表明拿在手中使用。金文字形把的線條下延而連結於刨刀，就看不出其形制了。後來寫成作，可能也是表明刨刀是人所操作的工具。

㓞 ㄑㄧㄚˋ qià

甲骨文的㓞字（ㄑㄧㄚˋ）可以幫助我們了解乍字是什麼形象。甲骨文的㓞字，使用一把刀（在兩塊鄰接的木板上）契刻幾道線條的樣子。古代製作契約時，將文字分別寫在木板上，然後用刀契刻幾道線條。雙方各拿契約的一半，將來可以核對契約上的線條來驗證是否原來的文件。

金文的字形，同樣是一把刀與契刻的紋樣。《說文》：「，巧㓞也。从刀，丯聲。凡㓞之屬皆从㓞。」分析為從刀丯聲，不太正確。丯是刀所契刻出來的形狀，解釋為從刀丯比較好。後來的人覺得這個字表意不夠清楚，就加上木的符號成為栔字，後來又省簡成契字。

枚 ㄇㄟˊ méi

甲骨文的枚字，看起來是一棵樹與手持拐杖的組合。甲骨文的析字，意義是以斤（斧頭）分析木幹，使成為木板。而手持手杖敲擊木頭，達不到什麼效果。所以創意可能不是以杖來伐木，而是手杖取自樹木的意義。

金文的枚字❶，前兩形承自甲骨文，後兩形有點訛變。《說文》：「枚，幹也。从木、攴。可為杖也。詩曰：施于條枚。」對於枚字的意義，可能解釋得不正確，但「可為杖也」可能說到重點。樹的枝條，在交接處自然形成木柄的轉折形狀，可以直接利用做為斧斤的木柄，也可以做為幫助行走的拐杖。可能古代就有專門砍伐樹枝，成為商

❶

品，人們可以購買當做拐杖，或做為斧斤的木柄。有這樣的商品，才創造這個字。

古代行軍常有「銜枚疾行」的描述。枚是銜在口中，形如筷子的東西，防止發出聲響驚動敵人。既然是含在口中的東西，就不會如樹幹那麼大。所以枚字的意義不是樹幹而是枝條。文獻使用這個字也比較適合枝條的意義。如《詩．周南．汝墳》：「遵彼汝墳，伐其條枚。」《詩．大雅．旱麓》：「施于條枚。」都和枝條有關。依此推論，枚大概是樹的枝條所做的商業成品。

帚 ㄓㄡˇ zhǒu

甲骨文的帚字❶，一把掃把的形狀。這是用已枯乾的小灌木，綑紮成為可以拿在手裏的用具，用前端的枝枒打掃地面。掃帚容易製作，也算是木工的成品。打掃地面是婦女的工作，所以也當做婦女的意義使用。後來為了分別兩個意義，就另外創造帚加女的婦字。

金文的字形❷保持不變。《說文》：「，所以糞也。从又持巾埽（ㄙㄠˋ）內。古者少康初作箕帚、秫（ㄕㄨˊ）酒。少康，杜康也，葬長垣。」分析字形錯誤。整體是象形，不是手拿巾在打掃的形象。

❶

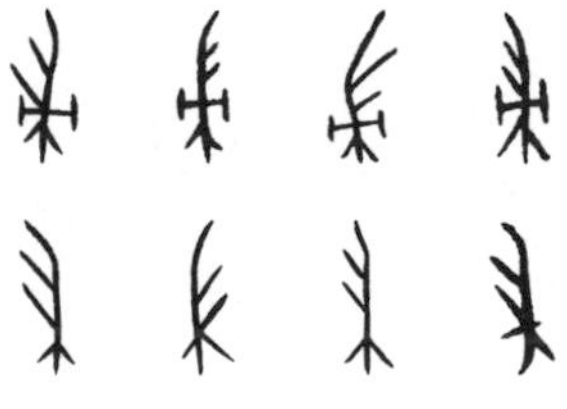

❷

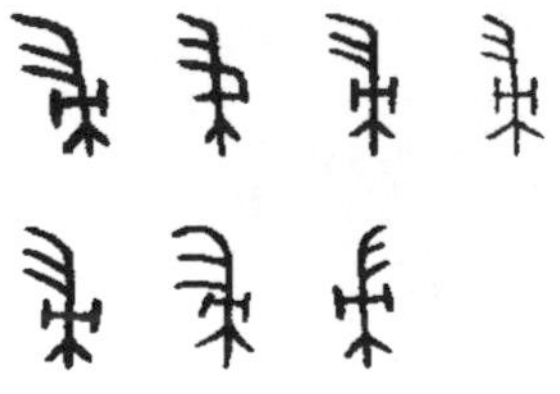

桼 くㄧ qī

金文的桼字（是的下半），一棵樹的外皮被割破而汁液流出的樣子。生漆雖不是製作器物的材料，卻能使木器增加光彩。木器不塗上一層漆，就顯不出令人喜愛的色彩和光澤。現在仍使用類似古代的方法採集漆樹的漆液，以刀割破樹皮，插入管子讓汁液流入桶中。

桼字在戰國時代有時被借用為數目字的七，七的甲骨文字形作十字形，所以有人以為七字就是漆樹上的切口形狀。《說文》：「，木汁可以髹物。从木，象形。桼如水滴而下也。凡桼之屬皆从桼。」解說正確。

漆液取自漆科木本植物的樹幹，主要成分是漆醇，經過脫水加工提煉後成為深色粘稠狀的液體。將這種濃稠的漆液塗在物體表面，等到溶劑蒸發後，就形成一層薄膜。空氣愈潮濕則漆汁愈容易凝固成薄膜，具有高度抗熱和抗酸功能。經過打磨，更能反光映照形象。漆汁乾燥後呈黑色，若於溶液中加入礦物或植物染料和油脂，就可調和出各種濃淡與色彩。春秋時代已發展出鮮紅、暗紅、淡黃、黃、褐、綠、白、金等色彩。古代的審美觀，愈多色彩愈漂亮，漆器能夠顯現多樣的色彩，當然非常受歡迎。

從考古得知，中國人懂得利用生漆，應有五千年以上的歷史。漆能夠保護器物不受腐蝕，不過，從早期的陶器、石器、皮革等不必加以保護的器物也有塗漆的例子，可以推測，早期只是借重漆的光澤，後來才發現漆的薄膜有增加木器耐用的功能，因此大量施用於木器。所以生漆業與木器業的發展有密切關係。

《韓非子．十過》：「堯禪天下，虞舜受之。作為食器，斬山而為材，削鋸修之跡，流漆墨其上，輸之於宮為食器。諸侯以為益侈，國之不服者十三。舜禪天下而傳之禹，禹作為食器，墨染其外，朱畫其內。」說漆器始於四千五百年前，這樣的傳說有點保守，因為現在已知漆器出現的年代應該更早。

漆是潮濕地區的特產，使用和生產當然以江南地區為多。《呂氏春秋．求人》：「南至交阯、孫樸、續樠之國，丹粟漆樹。」強調南方的漆樹生產。但是商代以前，氣候比現在溫濕得多，人們多居住華北，有可能早期的時候，華北的漆樹栽培比較發達。

漆的採集有一定季節，製作過程繁瑣，又不利人體健康，所以成為貴重的商品。從漢代漆器的銘文，知道作坊中有素工、髹（ㄒㄡ）工、上工、黃涂工、畫工、鳩工、清工、造工等專門分工，分工遠較其他的工藝更為精細。

器物塗漆，做法是等待一層乾燥之後，再上一層漆加厚。每層需要兩三天的時間陰乾，所以價格必然昂貴。漢代《鹽鐵論》說：「一杯棬用百人之力，一屏風就萬人之功。」其價格則「一文杯得銅杯十。」青銅的價格已不低，而漆器更有銅器十倍價值，當然是一種奢侈品。

戰國時代，商品大多課以十一之稅，《周禮・載師》則說漆林要課高於一般兩倍半的稅。統治者還特設專門機構管理，以收專賣之利。莊子就曾當過漆園的管理。東漢後期，光亮、美麗而耐用的青瓷器興起，製造費用遠低於漆器，所以晉代以後生漆業就日漸衰退了，塗漆的木器已少做為日常用具了。

5

百業勃發

皮革業與紡織業

百業一 皮革業

人類利用獸類的毛皮製作衣物，應該也是歷史久遠。人類獵取野獸吃肉之餘，當然也會想辦法利用不能吃的部分。十二萬年前出現的石核，就有可能鑽針眼，穿針引線，用獸皮縫製衣物。遼寧海城縣遺址，發現以動物骨骼或象牙製作的骨針，距今四萬至二萬年，包括以象的門齒製作的骨針，一支長7.74公分，有0.16公分的孔徑；另一支長6.9公分，有0.07公分的孔徑；還有以動物長骨製作的骨針，長6.58公分，孔徑0.21公分。可以證實那時已用獸皮甚至植物纖維縫製衣物了。能夠縫製衣物禦寒，使得人類的活動範圍擴展到比較寒冷的地區，可以採集更多生活所需的材料。

皮革具有耐磨、堅韌的特性，還可以用來製造控制馬匹的皮銜，拉車的皮帶，車輿的坐墊，鼓風的橐（風箱），納兵器的外套，以及鼓面。《考工記》記載古代皮革業就有函、鮑、韗ㄩㄣˋ、韋、裘等五個工種。「函」是製造甲衣，「鮑」鞣製皮革，「韗」製作皮鼓，「韋」製鞣熟的皮革，「裘」製作皮衣。

革 ㄍㄜˊ

gé

獸類的毛皮有的柔軟、有的堅韌、有的色澤華麗，人們肯定會想盡辦法利用，首先必須設法克服皮毛會腐爛敗壞的問題，否則就會浪費了可貴的物資。

甲骨文的革字，曝曬中的動物皮革形狀。這是把動物的一張表皮撐開晾曬的形狀，頭部、身部、尾巴都表現得清清楚楚，就是皮革經過晾曬變硬的樣子。

革字除本義的皮革之外，還有改革、更革等意義，正是由獸皮經過硬化變質的處理過程所引申出來的。金文的字形，大致還

可以看出是一張皮革的形狀。

《說文》：「革，獸皮治去其毛曰革。革，更也。象古文革之形。凡革之屬皆从革。革，古文革，从卅。卅年為一世而道更也。臼聲。」許慎根據古文的字形說解，分析為形聲字，又誤以錯誤的頭部字形，附會造字創意是三十年一次變更。現在有了甲骨與金文的字形，可以確定革是個象形字。

克 ㄎㄜˋ kè

皮與革本是一體，所以成為一個複詞。金文的皮字❶，一隻手拿著克形的東西。要了解皮字的創意，首先就要認識克字。克一定是用皮革製成的東西，所以才會有皮革的意義。甲骨文的克字❷，一個盾牌的形象。上端是可以攻敵的尖銳物，下端的直線是禦敵的盾牌的側面形象。直線上的圓圈是手把部分，所以克字是兼具攻擊與防備的武器形象，借以表達克服、能勝任等意義。

《說文》：「，肩也。象屋下刻木之形。凡克之屬皆从克。，古文克。，亦古文克。」依據訛誤的古文字形，以為是屋下刻木之形，顯然是錯誤的。

❶

❷

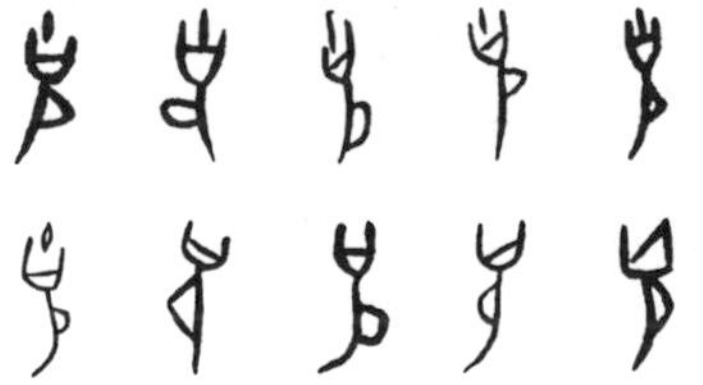

皮 ㄆㄧˊ pí

甲骨文不見皮字，有可能因為皮革不是國王占問的事項。從金文的皮字❶，手持皮革製作的盾牌的樣子，可以推測皮革的主要用途是製作軍事用品。

《考工記》攻皮的五個工種之中，「韋」及「裘」是製作日常服裝和用具。在以農立國的中國，皮裘不及絲麻衣服舒適、普及，衣裘對於社會的生存不具關鍵影響，所以有關這兩個工種的記載後來就失傳了。其餘「函」、「鮑」、「韗」三個工種，都是製作軍事相關的裝備，因此這三個工種的記載就被詳細保存了。可以理解，以皮革製作的軍事裝備盾牌（克字），就被拿來創造有能耐、有作用的意義。

❶

《說文》：「，剝取獸革者謂之皮。从又，為省聲。凡皮之屬皆从皮。，古文皮。，籒文皮。」與金文的字形比較，可以看出這個字逐漸訛化的過程。首先錯成籒文的，然後是古文的，最後成為小篆的。就完全看不出手拿盾牌的形象，因此才猜測是個形聲字，聲符是「為」的省略字形。其實，一點也不像小篆為字的任何部分。

柔 ㄖㄡˊ róu

採用堅硬的革做為製作器具的材料，用途有限，並且要先把皮革軟化，才能製作。所以《考工記》攻皮的鮑人，專門從事把皮革柔化的工作。

《說文》：「柔，木曲直也。從木，矛聲。」解釋為從矛聲的形聲字。矛是一種直刺的武器，製作的質材愈堅硬愈好。用矛和樹木的組合來傳達柔軟的意義，很不適當。如果是形聲字的結構，柔字與矛字的聲韻也相差很遠，歷來學者都沒有辦法合理解釋這個字的創意。所以最好是朝文字有訛變的方向去思考，柔的字形一定有訛變的情形。

柔化皮革有許多方法，例如捶打、油揉、酸浸等方法，但與柔字的木都無關。只有一種使皮革柔化的方法，是將皮革在木樁上來回撐拉，可能和柔字的字形含有木的構件有關。

甲骨文的㞋字ㄋㄢˇ，一隻手拿著一件柔軟彎曲物件的形狀。這個字的意義是柔皮，因此可以了解是手拿一條柔皮以表達意義。《說文》：「，柔皮也。从尸、又。又，申尸之後也。」小篆柔字中的矛部分可能就是㞋字的誤寫。考察新近出土的文獻，戰國中晚期的柔字作❶，秦代作，西漢時代作❷等字形。顯然矛的字形是從西漢的字形經過訛化或類化而形成的。戰國的字形很像是雙手在木上撐拉某物件的樣子。秦代的字形就像是木上有㞋。㞋字罕見，演變到漢代，的字形，上半很像是矛字，所以就類化而寫成矛上木下的柔字。

在木樁上撐拉皮革使它柔軟，是很多民族都使用的方式，可以合

❶

❷

理推測，柔字的創意就是在木上製作軟皮。從下一個字的討論，可以推斷柔字的上部該是㕚字，是手拿著一張軟皮的形象，整個柔字是表達以手拿著一塊皮在木樁上來回用力拉撐，使皮革軟化的加工形象。一些比較落後的地方，還用這樣的方式使皮革軟化。

甍 ㄖㄨㄢˇ ruǎn（軟）

小篆有個甍字ㄖㄨㄢˇ，《說文》：「，柔韋也。从北、从皮省，从夐省聲。凡甍之屬皆从甍。讀若耎。一曰若儁。，古文甍。，籀文甍。从夐省。」意義很清楚是柔韋（皮革），但許慎根本無法解釋，這個字形何以會有柔皮的意思。

先看甲骨文的免字，創意是表達用軟皮製作的皮帽子。甲骨文的免字❶，一個站立的人，頭上戴一頂帽子。戰士戴帽子（盔甲）可以避免頭部受到傷害，所以有避免、免除的意義。這頂帽子裝飾有兩個彎曲的東西，形象類似這個字的上半部。所以這個甍字與帽子有關。

❶

再看另一個甲骨文冃（ㄉㄢ）字❷，這是一個小孩子的帽子形象，帽子上面也有兩個彎曲的裝飾。後來裝飾物被省略了。《說文》：「，小兒及蠻夷頭衣也。从冂。二，其飾也。凡冃之屬皆从冃。」現今北方有種小孩戴的老虎帽，頭上的裝飾物是兩隻豎立的老虎耳朵，兩旁是保護耳朵的護耳，因為北方冬天很冷，耳朵需要保暖。

由以上兩個和帽子有關的甲骨字形，可以確證甍字的上半是個帽子的形象。那麼甍字的下半  呢？這應該就是的字形。整個字形的創意是，製作帽子的材料是軟皮，所以有柔韋的意義。大概𠬝的字形與反字過於相近，後來就少見使用了，連帶甍字的創意也不能領會，所以後來被意義為喪車的形聲字「輭（ㄖㄨㄢˇ）」字所取代了，又俗寫作軟，就完全看不出與柔軟的意義與柔皮有關係了。

❷

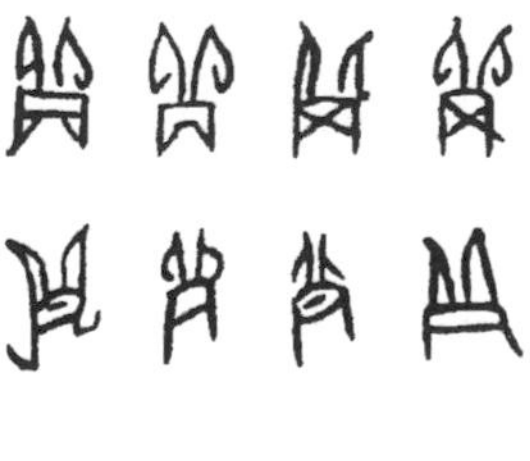

壴 ㄓㄨˋ zhù

甲骨文的壴ㄓㄨˋ字❶，很清楚是畫一座鼓的形象，鼓下有架子可以立於地面，鼓的上方還有分叉的形象，除裝飾作用外，可能還可安置鼓槌。鼓是用獸皮張在中空器物上敲打發聲的樂器。鼓的製作靈感，大概來自敲打中空的東西所得到的音響共振。由於皮革難於長期在地下保存，也就見不到實物，只能從陶、木的鼓框架或土上印痕，證實鼓的存在。大約四千年前的甘肅半山文化和馬廠文化，確實有鼓的製作。

金文的壴字不多見，大概都使用打鼓意義的鼓字了。

《說文》：「壴，陳樂立而上見也。从屮、豆。凡壴之屬皆从壴。」正確解釋為象形字。

❶

鼓 ㄍㄨˇ gǔ

甲骨文的鼓字❶，一手拿著一支鼓槌敲打一個豎立的鼓。鼓槌的形狀早期前端比較粗大，而且是彎曲的柄。出土樂器的槌都是直柄的，但是在文字的表現上，為了要與打傷對象為目的的「攴」字有所分別，就有意的畫成彎柄，後來就不注意而畫成直柄了，甚而寫成了支形的柄了。金文的鼓字❷，都作支形的槌了。

鼓字初創的時候，應該是打鼓的動作，後來兼有名詞的鼓樂器以及動詞的敲打的意思。《說文》：「，郭也。春分之音，萬物郭皮甲而出，故曰鼓。从壴、从屮、又。屮象乑飾，又象其手擊之也。周禮：六鼓、擂鼓八面，靈鼓六面，路鼓四面，鼖鼓、皋鼓、晉鼓皆兩

❶

面。凡鼓之屬皆从鼓。，籀文鼓，从古。」解說正確。

❷

彭 ㄆㄥˊ péng

甲骨文彭字①，一座鼓的旁邊有三道短畫，表達短促而有力的鼓聲。聲音是看不見的，這是一種造字的表現方式，把抽象的東西形象化。本來是小點，後來拉長成線條。《說文》：「彭，彭聲也。从壴、从彡。」鼓是大型演奏打拍子不可少的樂器，也是軍隊前進的節奏信號。

①

封 ㄕㄨˋ shù（樹）

甲骨文的封字❶，看起來由三個構件組成。一是豆，豆是古代用飯的器具。二是，象是又字（右手的形象），但稍有不同。三是木、來或屮，木是樹木，來是麥子，屮是草。位置都在豆的上頭，想來是表達豆容器所盛裝的植物。綜合推測，以手來安置豆所裝盛的植物，可能是祭祀的目的。樹立的意義大致來自擺設祭祀物品。祭祀鬼神是大事，祭品擺設不能馬虎，所有細節都要慎重。樹立祭品是祭祀的重要內容，所以才需要創造文字表達其意義。

金文的封字，只保留盛裝屮的字形，而且與豆字連成一體，而和鼓形的壴沒有分別。所以以為封字是安置鼓樂的工作，而又有安

❶

置、樹立的意義。有了甲骨文的字形，可以了解原先是指擺設祭祀飯食的行為。

《說文》：「，立也。从壴、从寸。寸，持之也。讀若駐。」沒有解釋為何从壴从寸有站立的意義。又的形象是右手，到戰國的時候有時加一道斜畫做為填空的裝飾，結果就與表示大拇指寬度的寸字混淆。《說文》解釋，寸有持拿的意義，是正確的。

百業二 紡織業

人們最先利用的製衣材料應是現成的，亦即獸皮。紡織布帛、裁剪衣裳，必是很久以後才發明的。上文已說明，距今四萬年至二萬年前的遼寧海城縣遺址，出土三根骨針，孔徑有不到0.1公分的，以當時的工具，恐怕無法把皮條切割細小得足以穿過針眼，推測應已知利用植物纖維了。一萬年前常見於華南的繩文陶器，表面的紋飾是用繩子捺印的，能夠把幾條線糾合成為一股繩子以綑縛東西，已接近紡織必要的技術了。要先把幾股細纖維搓成線，才能用線編織或紡織。六千多年前仰韶文化的陶器，有時於底部看到麻布的印痕，紡織應該已是很普遍的了。

具織布經濟價值的植物纖維有好幾種，分屬不同種類而有不同性質，如文獻常見的葛，是藤本豆科植物，麻則是桑科植物。因為麻布的紡織最為重要，一般總稱有強韌纖維而可織布的植物為麻。在《03日常生活篇Ｉ食與衣》已經介紹金文的麻字，屋中或遮蓋物之下有兩株皮已被剝開的麻形。麻於春天栽種，夏天收割。株莖割下後要乾燥幾星期，接著剝皮並長時間浸泡水中以去除雜質，然後捶打以分離纖維。浸泡的水愈熱，浸泡的時間就愈短。所以一般用水煮，可以加速分離纖維。

分離麻纖維的工序，反映於甲骨文的散字，一手拿著棍棒拍打兩束麻，麻的表皮呈現自秆莖分離之狀。

專 ㄓㄨㄢ zhuān

甲骨文的專字❶，一隻手拿著一個纏滿了線的紡磚。在紡織之前，要先把絲線纏成一錠一錠的。紡織之事不但需要專門技術，也需要專心，否則面對千頭萬緒的線會手忙腳亂，亂了線或錯亂次序而織錯了花紋。所以專字兼有專門以及專心兩層意義。

紡線的作業是用一支長杆穿過一個紡輪的中心孔，然後繫上線，快速用手指捻轉長杆，使線纏繞長杆而成為線錠。是完整的形狀，是省略紡輪的形狀。也許旋轉的轉字也是專字的引申意義。

金文的專字（傳字❷），字形不變。《說文》：「，六寸簿也。从寸，叀聲。一曰專，紡專。」紡專才是專字的本義。

❶

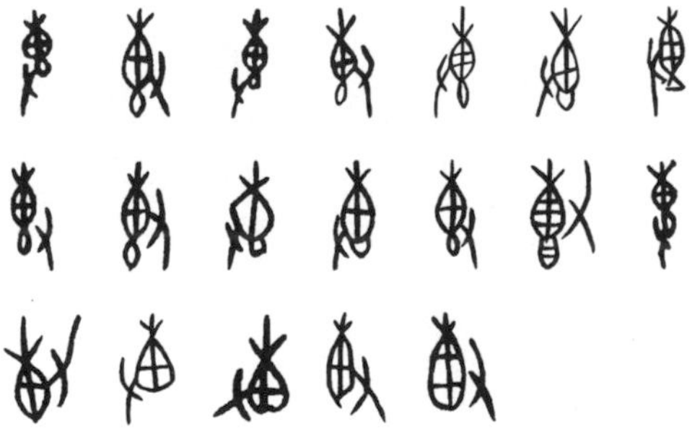

❷

巠 ㄐㄧㄥ jīng

金文的巠字❶，是一個織機的經線已經安上去了，接著，就可以使用梭子把緯線穿過經線而織成一塊布。經字是指紡織的事，加上糸而成為經字。經線是南北縱行的，所以地理或行路上的南北向就叫經。最重要的是織布的時候需要先有經線，緯線才能穿過，所以就有經常、常道、經典的意義。

《說文》：「巠，水衇也。从川在一下。一，地也。壬省聲。一曰水冥，巠也。𢀛，古文巠不省。」許慎錯把它當做與川有關的字，還以為是壬的省聲字。漢代的畫像石，常見紡織的題材。巠字的上半是很多條的經線，下半的工字形是操作的人所坐的地方，絕對和水在

❶

地下的暗流無關。巠的字形可能是整座織機的安線部分的象形，但也可能是表現很原始的整個腰機的形狀。形制可能像雲南銅鼓上織紝奴隸塑像所操作的腰機，經幅的一端置於腰，另一端使用雙腳去撐緊。這樣織成的布幅較窄，也難於織出複雜的圖案，紡織的速度也慢。

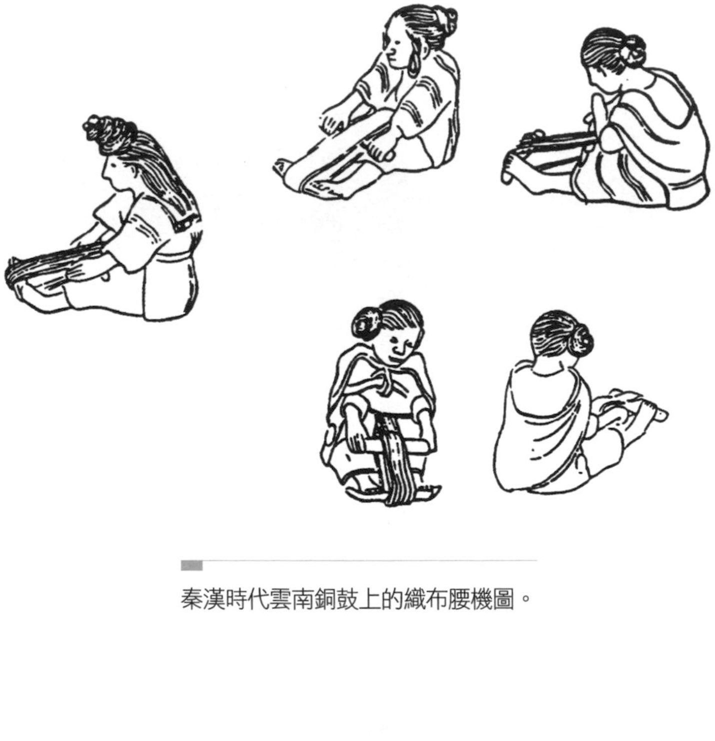

秦漢時代雲南銅鼓上的織布腰機圖。

幾 ㄐㄧˇ jǐ

金文的幾字❶，由三個構件組成，表現一種很先進的織機。人可以坐著以腳踏板控制經線開闔的織機，戈是織機的側視形，兩股絲縷可能代表兩個線軸，或牽動經軸的兩條線，或是織絲有關的用途。織機是利用巧妙的機械來紡織，所以有機械操作的事物以及巧妙的引申義。使用坐機，可以騰出手來，加寬穿梭引線的幅度，提高織布的速度和質量。所以幾字應該是表現坐機的機字的本源。織機是以機栝牽動的織布機器，所以機字也引申到各種機械的裝置。在西周的時代，只有織機是使用機械裝置的。

《說文》：「，微也。殆也。从𢆶、从戍。戍，兵守也。𢆶而

❶

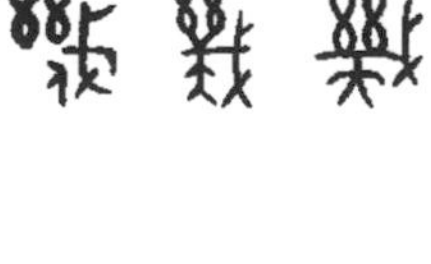

兵守者，危也。」機的意義是巧妙，卻解釋為危險。「幾而兵守者，危也。」顯見根本不知確實的意義。機有機械的意義，以織機的形狀最為適合。

坐立的織機可以增加雙手移動的幅度，而織成較為寬大的布幅。古人為節省布料，儘可能依布料的寬度加以裁縫，不多做剪裁。布帛既然是交易的大宗，也需要一定的規格以便議價，所以布幅都織成一定的市場規格。根據注疏，漢代的標準布幅是二尺二寸。但各時代尺的長度略有差異，從發掘的實物看，約合今日的四十四到四十九公分。因此一般衣服的用布為四個布幅，兩前兩背。更寬大的就要前面三幅、後背兩幅了。

漢畫像石上的紡織圖。

絲 ㄙ

sī

甲骨文的絲字❶，兩條絲線並列的形狀。蠶吐絲結繭，從繭抽取成為絲線。蠶所吐出絲非常細，不適合直接用於紡織，需要先把三條絲線糾捻成一股較粗的線，才好上機紡織。也許因此使用已糾捻成線索的絲線，表達絲的質料。可能又怕與繩索的形象有混淆，因此以兩股絲線來表達。金文的絲字❷，就把糾絞了三次的絲線簡省為兩絞。

《說文》：「絲，蠶所吐也。从二糸。凡絲之屬皆从絲。」

❶

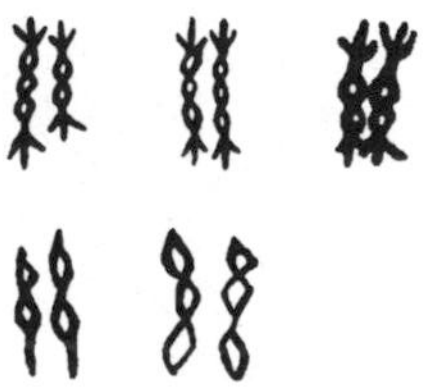

❷

糸 ㄇㄧˋ mì

甲骨文的糸字❶，一條已捻成線的形狀。這可能是代表麻類纖維所糾結的線，與特為表達蠶絲的並列線條有別。金文的糸字❷，字形不變。《說文》：「，細絲也。象束絲之形。凡糸之屬皆从糸。讀若覛。，古文糸。」解釋正確。

❶

❷

茲 ㄗ zī

甲骨文的茲字❶，做為指示代名詞使用，看來是借用兩束絲線來表示。金文的字形❷，字形不變。《說文》：「𢆶，艸木多益。从艸，絲省聲。」因為小篆把絲線的線頭露了出來，以至於被誤會是表現很多草木生長得很好的樣子。有了甲骨與金文的字形，可以確定這個說法是錯誤的。

中國將蠶絲的使用歸功於伏羲氏。或有傳說，黃帝打敗蚩尤之後，蠶神獻上蠶絲；又有傳說，是黃帝的妃子西陵氏嫘祖，發明養蠶織絲。考古發掘，六千三百年多年前河姆渡遺址出土的象牙雕刻，有蠶蟲的圖案。五千四百年前的河北正定南楊莊遺址，出土陶的蠶俑。

❶

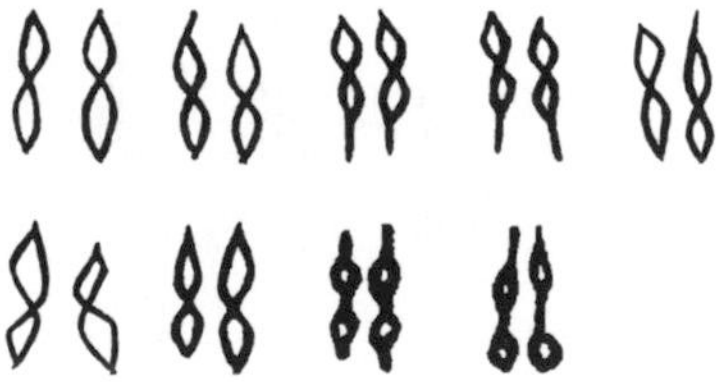

❷

而五千到四千五百年前的仰韶文化晚期，則發現切割過的蠶繭。吳興錢三漾遺址，更發現每平方公分，經緯各四十七根線的家蠶絲織品。

蠶絲是蠶體內不同腺體分泌的絲液，遇空氣後凝固，形成由兩根天然蛋白質組成而膠合的一股細線。它細緻、柔軟、耐熱、吸濕性良好，富光澤而又易於染色。不論如何纖細的植物纖維與之相比，優劣立見。蠶絲做成衣服，深受中國貴族喜愛，日後銷售到歐洲，也廣受歐洲貴族歡迎，有人因為花費太多而破產，以至於羅馬帝國的上議院於西元前十四年要發布衣絲的禁令，以遏阻生活奢靡的風氣。

桑 ㄙㄤ sāng

甲骨文的桑字❶，一株桑樹的形狀。《說文》：「桑，蠶所食葉木。从叒、木。」本來桑字作整棵桑樹的形狀，後來三枝枝枒都脫離木，而成為三個又的形狀，所以《說文》就不能解釋為象形字了。

蠶吃桑葉，桑葉品質影響蠶絲品質，從而影響絲織品的質量，所以要重視桑樹的栽培。桑樹性喜濕熱，桑葉的收穫次數因氣候而異。蠶卵自孵化到結繭，時間長短與氣候及蠶的種類有關。結繭時間，快的要十七至二十二天，慢的則要三十三至四十天。戰國時代《管子》：「民之通于蠶桑，使蠶不疾病者，皆置之黃金一斤，直食八石，謹聽其言，存之於官，使師旅之事無所與。」說明絲織品在古代是價昂的重

❶

要商品，對國家的經濟具有關鍵影響，所以對於植桑養蠶有特別獎賞，除金錢外，還有免除當兵的政策。

喪 ㄙㄤ sāng

甲骨文的喪字❶，一棵樹的枝芽之間有一到四個口的樣子。這個字在商代是喪亡、喪失的意義。看來這是個假借的意義，應該另有創字的含義。

桑樹的品種有幾種，有些長得不高，可以站著採摘桑葉。但大部分品種是高大的喬木，要爬高上樹才能採摘得到。有一件東周時代的青銅酒壺，使用紅銅嵌鑲描繪生活景象的圖案，其中有一景是採摘桑葉的畫面。描寫兩株高大的桑樹。左邊的樹，有一位留長辮的婦女坐在最左的枝椏上，兩手摘取枝椏上的桑葉。樹下有一人作攀登狀。右邊的樹，一位留長辮的婦女把中間的樹枝拉下並坐在其端部，雙手摘

❶

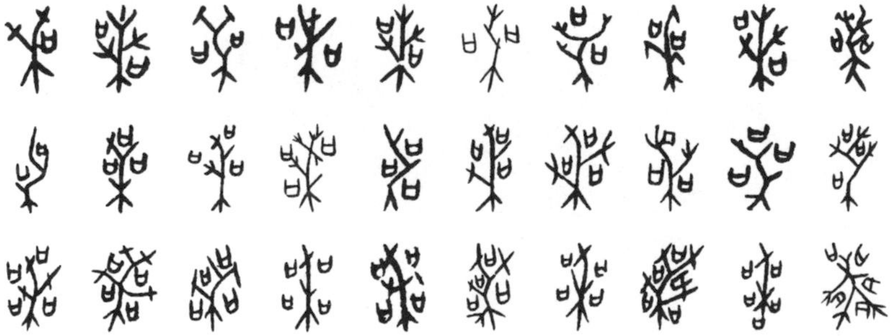

取枒上的桑葉。對面一位男士腰間佩劍，頭上戴帽，坐在最右邊的樹枝上，也在摘取桑葉，他的籃子就懸吊在右樹枝下。樹下又有一位戴帽男士，左手提著籃子，想是籃子已裝滿，即將送去處理。一比對就可以看出，儘管甲骨文的字形多樣，基本是表達多枝枒的桑樹間懸吊幾個籃子，在採摘桑葉的景象。

《左傳》魯僖公二十三年（西元前六三七年）記載晉公子重耳亡命於齊國的時候，與舅父密謀想要逃離齊國而回晉國爭取繼承權時，「謀桑下，蠶妾在上，以告姜氏。」明白表現蠶妾爬在樹上採桑而聽到密謀的景況。因而可以斷定，喪字是描寫採摘桑葉的情景，假借做為喪亡的意義。

金文的喪字❷，桑樹形狀大大變形了，還是可以看出演變的痕跡。《說文》：「，亡也。从哭、亡，亡亦聲。」字形又進一步的

❷

訛化，因此許慎將它分析成從哭亡，又說亡亦聲。從甲骨與金文的字形可以知道，完全不是這麼一回事，而且桑和亡的聲韻差別非常大，屬不同的聲韻。

嵌鑲紅銅採桑、弋射、飲宴、水陸攻戰紋青銅圓壺。通高 39.9 公分，口徑 13.4 公分，底徑 14.2 公分，約西元前 500-350 年。（器頸部分的採桑紋）

素 ㄙㄨˋ sù

金文的素字，雙手拿著一條線頭還沒有修整的絲線的樣子。布帛剛紡織出來的時候，布邊並沒有縫起來，素字的上半的就是邊緣未修齊的形象。待衣服剪裁完成，便須縫起布邊，否則會散開而不成形。邊緣不整齊是布帛初始的狀態，因而有尚未加工的布帛的意義，引申為所有尚未加工的情況。在做為意義的偏旁符號時，就可以省略兩隻手，如從素卓聲的綽字❶。

《說文》：「，白致繒也。从糸、𠂹，取其澤也。凡素之屬皆从素。」素的意義是未經加工的布帛，白繒是尚未染色的，也屬於未加工的狀態。素的字形與索相似，素字的字形是前端有兩個彎曲的線

❶

綻。索字有三個線頭。《說文》素字解說「𠂹，取其澤也」，其實是類化於索的字形。

索 ㄙㄨㄛˇ

suǒ

甲骨文的索字❶，兩隻手在編織一條繩索的樣子。需要兩隻手才能把三條線編織成為繩索，所以繩索的一端還有三個線頭的樣子。這個字與素字的字形，主要的差別是索字有三個線頭，素字有兩個彎曲的線綻。索與素的字形既然類似，意義又都是有關紡織品，所以作為偏旁時，常是可以相互更替的。例如金文從索令聲❷的字，也可以寫成從素令聲 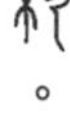。

《說文》：「，艸有莖葉可作繩索。从𣎳、糸。杜林說，𣎳亦朱市字。」字形已有訛變，有可能是甲骨文索字的雙手被簡省成兩道彎曲的筆畫，才分析為從𣎳從糸，而不能說出正確的創意。

❶

❷

6

百業勃發

陶土業與金屬業

百業三 陶土業

泥土經過火的高溫燒烤，硬化之後叫做陶。泥土遍地都是，但是一經火的洗禮，卻巧妙的變成可以裝盛飲食的器皿，可以裝飾門面的磚瓦。人類雖然在幾十萬年前就會用火，但陶器卻是在人類知道用火之後很久才學會燒造的。

陶器在土中不會腐朽，能夠測知年代。中國江西萬年仙人洞出土的陶片，經過碳十四年代測定，距離現在約一萬六千四百四十年（誤差加減一百九十年），校正後的年代為西元前一萬八千零五十年至西元前一萬七千二百五十年，是人類最早燒造陶器的例子，足證中國燒造陶器的歷史，至少有一萬五千年以上，時間早於稻米栽培。

以陶片出現做為新石器時代開始的標誌，這種界定方式太過於簡化，因為陶器的起源是多元的。南方陶器多為圜底，北方則多為平底，器形的差別可能與生活環境及習俗有關。陶器起源與農業無關，與採集漁獵經濟的發達有關。

陶器容易破碎，不利於游獵生活，所以要等到農業興起，人們過著定居的生活，陶器才大受重視。中國有「神農耕而製陶」的傳說，大概是因為陶器有利於定居，人類文明才能進一步提高。

陶器最初發明的時候，應是為了盛水，後來才擴充到煮食、盛食、儲藏、建築、裝飾等其他廣泛的用途。用陶器盛水之後，人們不必傍河而居，擴大活動範圍的結果，人們又發現離河流較遠的低窪地區有泉水湧出，可以提供生活必需的水。人們終於能夠在廣闊的大地建立村落和都市。

陶器日用最多，破碎而丟棄的也多，兼以不會腐朽，普遍見於遺址。又因為材料、技術、風格、使用需求等差異，各地區燒造的陶器各具不同特色，成為辨認各民族、各時代文化不同面貌的指標。所以辨識陶器是考古工作的重要項目，陶土成分的化學分析，也有助於探明陶土採取的地點，從而研究氏族間的交往關係。

土 ㄊㄨˇ

tǔ

燒造陶器的主要材料是黏土。甲骨文的土字❶，一個土堆的形狀。有些土堆上下尖小而中腰肥大，有的還加上幾點水滴。或以為那些小點表示灰塵。這就錯失古人創造土字的用心。土沒有水分就不能團結成塊、捏塑成形。鬆散的土堆一定是呈現上小下大的錐形。只有黏土才可能呈現中腰粗大的形狀。推論古人創造土字的用心，可能就是強調它可捏塑、燒結成形的特性。

金文的土字❷，首先是小水點消失，這是文字演變的常規，使得可捏塑陶器的創意不見了。漸漸土堆也簡略成一道直線，再也看不出來文字創造的重點了。《說文》：「土，地之吐生萬物者也。二象地

❶

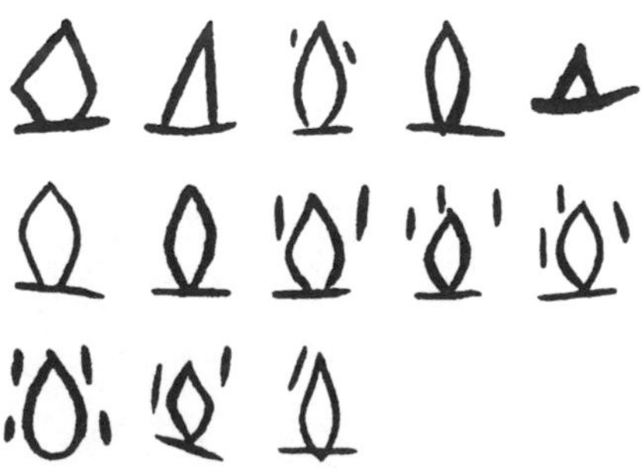

❷

之上、地之中，—物出形也。凡土之屬皆从土。」基於錯誤的字形，就解釋為植物冒出地面的形象。

雖然泥土都可以燒造陶器，但成品的品質卻大很有差別。新石器時代以來，人們已懂得精選材料，淘洗去除泥中的砂粒、草根、石灰等雜質，製作烹煮食物用的陶器；也發現摻雜細砂於泥土中，陶器傳熱功能會更好，並且不容易因為快速冷卻而破裂。

匋 ㄊㄠˊ táo、陶 ㄊㄠˊ táo

甲骨文的匋字，一個人蹲坐著，手持細長的工具處理一塊黏土的樣子。這個字很容易了解，是陶工拿著陶拍一類的工具，用一塊黏土製作陶器的樣子，所以有陶工、陶器等相關的意義。

金文的匋字①，可看出從甲骨字形簡省的過程。首先是手拿的陶拍從人身分離了，陶拍又與陶土連結成缶字。《說文》：「，作瓦器也。从缶，包省聲。古者昆吾作匋。」就誤會人的身子為包字的省簡，而分析匋為形聲字了。

燒製陶器的地點，常選在山坡設窯，可能為了方便取得燒火的薪

①

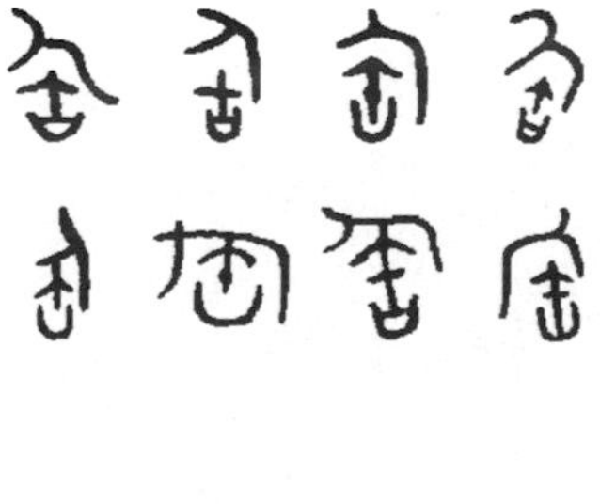

柴，所以後來匋字加上代表山崚的阜字，而成為陶字。

陶拍是陶工製作陶器的重要工具，有幾種形式，有插圖所示的長柄式的，也有圓筒狀的，可以套在手指使用。陶拍可以用來拍打陶器表面，使質地更為堅實。轉輪發明後，窄長的陶拍可伸進器皿中，拉高陶器的高度，也可以在木拍上刻花紋，壓印於陶器表面成為花紋，增添美觀。或是先做一個模具，能夠壓印模型，使陶器快速成形，節省製造的時間與成本，促進商品普及。

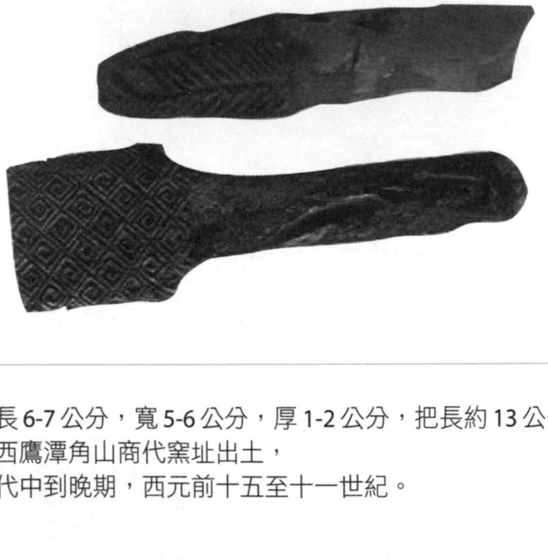

面長 6-7 公分，寬 5-6 公分，厚 1-2 公分，把長約 13 公分。
江西鷹潭角山商代窯址出土，
商代中到晚期，西元前十五至十一世紀。

缶 ㄈㄡˇ

fǒu

甲骨文的缶字❶，如果沒有匋字可以比較，就沒有辦法理解缶字的創意。原來這個字是一個容器和一把製作陶器的陶拍組合而成，強調是以陶拍成形的陶器，有別於其他使用石頭、木頭或骨角的材料所製作的器物，所以有陶器的意義。也有可能是簡省陶字，省去人的部分，只表達人所製作的器物。

金文的缶字❷，的字形比甲骨文更為寫實，陶拍是一支長柄形，比已演變成有兩個分叉的甲骨文字形還要貼近實物。至於又加上金字偏旁的，則是強調是金屬鑄成的。

❶

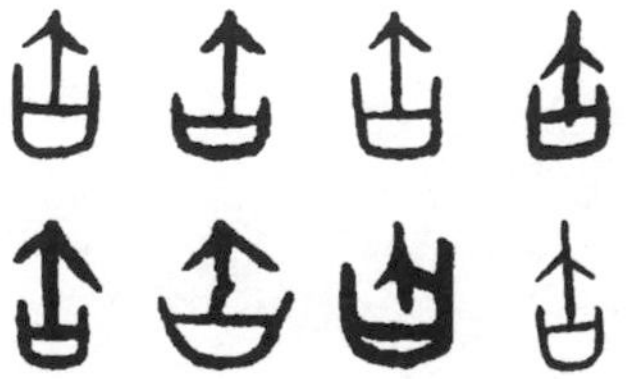

❷

《說文》：「缶，瓦器所以盛酒漿。秦人鼓之以節謌。象形。凡缶之屬皆从缶。」本來缶字的意義是所有陶器的總稱，後來慢慢變成其中一種形狀與用途的專稱，如左圖名為「欒(ㄌㄨㄢˊ)書缶」、身大底小的大型裝酒器。

四環耳青銅蓋缶（欒書缶）
通高 48.8 公分，口徑 16.5 公分，
春秋中期，西元前七至六世紀。

窯 ㄧㄠˊ yáo、窑 ㄧㄠˊ yáo

《說文》：「，燒瓦竈也。从穴羔聲。」是個形聲字。但是另有一個從穴從缶的窑字，意義也是燒造陶器的窯，是一個表意字。文字演變的趨勢，大都是以形聲字取代表意字。窑字應該是比較早的字形，只是在早期文獻沒有出現。創意是在像洞窟的地方燒製陶器的設施。

陶器燒造的溫度愈高，陶土就愈收縮而品質愈高。陶器最先是在露天燒造，這樣燒成的陶器火候低，燒結不完全，質鬆易碎，不夠實用。根據考古訊息，在八千年前的河南新鄭裴李崗遺址，就出現了比較進步的橫穴式陶窯，雖然火焰還是要經過一段上升的火道才能接觸陶坯，熱量會在傳導中散失，不利於窯內溫度的提高，但是比露天燒造的陶器已進步很多。後來改良成為豎直式的陶窯，火焰就可以直接透過火眼，接觸上方的陶坯，熱量不會散失，燒結的溫度更高。

西元前五千四百年的細泥紅陶，燒結溫度已達攝氏九百三十度；到了西元前三千年的灰陶，就達到九百九十度。三千年前商代後期的陶窯設有煙道，又將溫度提高到一千二百度。時代愈晚，陶窯的構築愈進步，使用氧化焰燒成的紅陶數量就愈少。商代出產的陶器，百分之九十是使用較進步的還原焰燒成的灰陶。

使用石器，是人們從動物群中脫穎而出的第一步。當人們對石器製作的要求愈來愈高時，自然會有意尋求優良的石材。自然界存在金、銀、銅等金屬礦物，人們發現這些材料與一般石塊非常不同，帶有光澤，可以捶打成薄片，拉成長條，耐用且不易斷折，還可以黏合、改造，是打造飾物的理想材料。因此留意找尋並且非常重視它的價值。

火是冶金的必要條件，經過攝氏八百度以上的高熱，才能把同時含有銅、錫、鉛的礦石熔解成青銅。這樣的高熱，不是正常情況所能產生的。理論上，必須利用能產生高溫的陶窯，才能熔解銅礦。關鍵在於人們何以會想到用陶窯來燒礦石？也許古代中國冶金術的發明契機，是個永遠不能解答的謎。

銅與其他鉛、錫、鋅等金屬的合金，氧化後呈青色，中國人稱為青銅。青銅可依合金成分不同，鑄造不同顏色、硬度、韌度的器物，因應不同需要。青銅的銳利特性，可以鑄造戰鬥用的武器；美麗的色彩及富有光澤的特性，可以鑄造供神的祭器；所以說「國之大事，在祀與戎」，青銅能為這兩件最重要的大事服務，極具價值。

發現冶煉青銅的技術之後，為滿足供應需求，需要大量採礦。採礦是辛苦又危險的工作，非一般人所樂於從事。所以有些學者認為，古人對金屬的需求，促成勞工制度形成，同時也促進組織及管理群眾能力提升，大大加速國家機構建立。

一般認為，中國與其他文明古國一樣，在發展青銅業以前，先使用紅銅。因為紅銅能以自然形態存在，不必經過熔煉過程。埃及在六千多年前已知加熱把紅銅從礦石中還原出來，然後用敲打成形。

也有人以為熔煉紅銅的技術應遲於青銅，因為青銅熔點比紅銅低，熔煉青銅的技術要比熔煉紅銅容易。

根據中國的考古證據，紅銅鑄器確實比青銅出現得早。

碳十四年代測定約為西元前一千八百年的山西襄汾陶寺龍山遺址，以及約為西元前一千七百年的甘肅武威皇娘娘臺、永靖大何莊等遺址，都發現含銅量超過九十九%的鈴、刀、錐、鑿、環及殘片，皇娘娘臺遺址發掘超過三十件紅銅製品，充分顯示那時已不是初有金屬知識，而是有意尋求材料加以鑄造的時代了。

比較可信且有多量青銅器出土的遺址，碳十四斷代約是西元前一千六百年的河南偃師二里頭，發現青銅爵、錛、戈、魚鉤、鏃等，以及西元前一千五百多年的江西清江吳城的青銅刀，年代都比出紅銅的遺址遲了一兩百年。

西安半坡的一個六千多年遺址，在一九五六年發現一個殘缺銅片，化學分析含有大量銅、鋅、鎳。一九七三年在臨潼姜寨的一個仰韶文化遺址也發現一個銅片，經化驗含銅六五%，鋅二十五%，錫二%和鉛六%。稍遲的馬家窯文化，約是五千年前，也發現青銅刀。

很有可能中國最早在六千到五千年前之間，無意中煉出青銅，但技術掌握不足，數量太少，對社會難有影響。真正的青銅器時代，要等到能夠充分掌握技術，並有一定產量才算。在一些河南龍山晚期的遺址，如臨汝煤山、登封王城崗、鄭州牛寨等地，都相繼發現了坩鍋、銅渣、銅器殘片、銅塊等物，說明四千年前中國已真正進入銅器的時代。

《考工記》記載專攻金屬方面的工種，有築、冶、鳧(ㄈㄨˊ)、栗、桃、段等六種。「築」製造尺規，「冶」製造箭矢，「鳧」製造樂器，「栗」製造量器，「桃」製造兵器，「段」製造農具。

金 ㄐㄧㄣ jīn

商代有成千上萬的青銅容器出土，但甲骨卜辭卻見不到金字，這只能解釋商王不問有關冶鑄的事件，所以才不見這個字。金文的金字❶，出現非常多次，大致可以理出演變的趨勢是↓↓↓↓↓，然而卻無令人滿意的解說。

《說文》：「，五色金也。黃為之長，久薶（ㄇㄞˊ）不生衣，百煉不輕，從革不韋。西方之行，生於土。从土。ナ又注象金在土中形。今聲。凡金之屬皆从金。，古文金。」解釋為象金在土中之形。這顯然與早期的字形是不合的。要了解金字的創意，先看下一個鑄字。

❶

鑄 ㄓㄨˋ

zhù

甲骨文的鑄字，第一形，雙手傾倒一個器皿，覆蓋於土型之上的樣子，是表現傾倒銅液注入範型以鑄造器物的意思。第二形，雙手傾倒一個器皿裡的銅液到另一個器皿中的樣子，也是取意於鎔鑄器物的操作過程。

到了金文，鑄字就常常見到❶，演變過程，是在甲骨文的基本字形之上，加上義符金、火，或聲符而成。最值得注意的字形，是由甲骨文所發展的字形，由演變而來。於甲骨文的鑄字，是接受銅液的範型，那麼，「金」字就是鑄造器物的模型了。

❶

《說文》：「鑄，銷金也。从金，壽聲。」因為已是形聲字的結構，就沒有什麼好解釋的了。

法 ㄈㄚˇ fǎ

在《01動物篇》介紹過法字，創意是廌（ㄓˋ）獸有分辨善惡的神奇的能力，觸碰有罪的一方，協助判案。執法當如水之平衡而不偏倚。《說文》：「，刑也。平之如水，從水。廌所以觸不直者去之。從廌去。，今文省。，古文。」所錄的古文字形很有啟發性。刑在古代也有「鑄型」的意義。古文字形應指鑄型而言。與金字的各種寫法相近，大概出自同一來源。金的字形有兩個相關的意義，一是鑄型，一是金屬。金屬的意義常見，鑄型的意義罕見。

法律與鑄型有共通的概念，都是用來規範他種事物。戰國時代，魏、楚與中山都有以做為「法」字使用的例子，也可印證這種解

釋。例如湖北江陵楚墓出土的律管，有「法新鐘之宮」、「法文王之角」等銘，法字即作。

釗 ㄓㄠ zhāo、割 ㄍㄜ gē

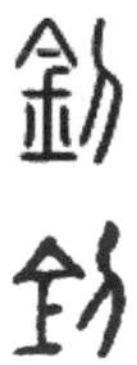

根據魏《三體石經》（三國時期魏正始二年，用古篆、小篆、隸書三種書體，以《尚書》、《春秋》、《左傳》為內容的石刻），割字的古文作，與小篆的釗字，顯然都是由金及刀構成，其創意應當都是以刀割斷綑縛在模型上的繩索，剔除泥土取出鑄成的器物。《說文》：「，剝也。从刀，害聲。」單純看成形聲字可能是不對的。

金文的害字❶，《說文》：「，傷也。从宀、口。言从家起也。丯聲。」解釋為從丯聲的形聲字，又附會解釋言語的傷害從家裡而起。但是字形明明是表現一物被分割成兩段，敗壞的樣子。

❶

金文的割字❷，是表達用刀把一件東西分割成兩半的樣子。一件器物被鑄造完之後，還要等待冷卻，然後剖開模型，取出成品。割字就是表示鑄型已被剖開破壞的現象，害字是表達已破壞的鑄型。

再看全字和釗字，《說文》：「，完也。从入、从工。，篆文仝(ㄊㄨㄥˊ)。从王。純玉曰全。，古文仝。」字形類似而表現完整的鑄型。《說文》：「，刓(ㄨㄢˊ)也。从刀、金。周康王名。」也是表現以刀挖刻型範的意思。

通過以上複雜的解釋，可以了解金字的創意，是一套模型的形象。金在金文銅字的部分，更生動的表現出型與模已套好，綑綁牢固、等待澆注的形態。

代表金屬的金字，是來自以範型鎔鑄銅器的概念。中國因為缺少

❷

金、銀、銅等自然狀態存在的金屬，只有通過鎔鑄，才能取得金屬，所以使用鑄造的模型來表達金屬的意思。這也反映中國古代製作銅器偏好使用泥範的特性。考察商代及前代銅器鑄造方法，發現在銅器各種加工方法中，不但是鑄器，甚至於花紋、零件等，幾乎也只用鑄合這一種方法。這與其他的文明古國，主要用脫臘法鑄造，用鉚釘、熔焊等種種加工法，顯然有基本差異。因此學者才以為這種現象強烈反映中國鑄造術的自發性，並非學自西洋。

吉 ㄐㄧˊ jí

甲骨文的吉字出現非常多次❶，演變過程，大致是→→→。學者一直不得其解，為何與吉祥、良善的意義有關。

若將這些字形與鑄字的部分，或金字的❷等字形比較，看起來它是表現澆鑄部分的澆口，與器體部分的型範已經套好了，放置在深坑中的形狀。

根據鑄造銅器的科學考察，如果把澆鑄後的型範放在深坑中，由於空氣不流通，散發的熱氣不會跑掉，經過長時間慢慢冷卻，銅與錫就會整合成一枝對稱的樹枝狀。這樣，不但可以防止型範爆裂或走範

❶

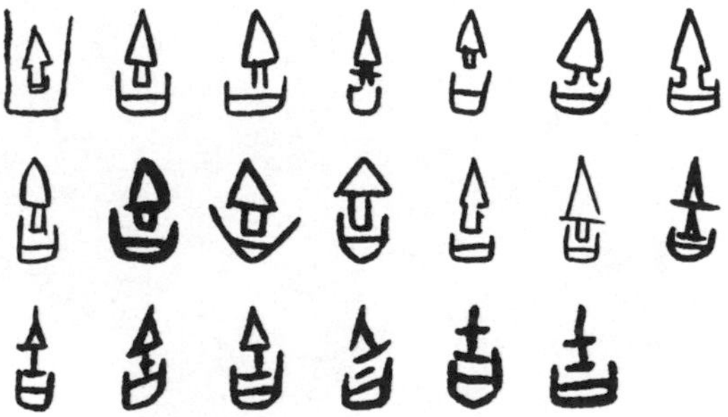

❷

變形的缺點，而且還可以使鑄件的表面更為光滑美觀，做出良好的鑄件，所以「吉」有美善、良好的意義。

金文的吉字❸，又進一步把型範的形狀訛變成士字。所以《說文》：「𠮷，善也。从士、口。」就完全不能解釋吉字的創意了。商代首都安陽，鑄銅遺址的周圍，深坑中散布著很多殘破的型範碎片。就是以這種方法鑄造銅器的具體反映，顯然商代工匠已經曉得鑄造完善銅器的祕訣。

❸

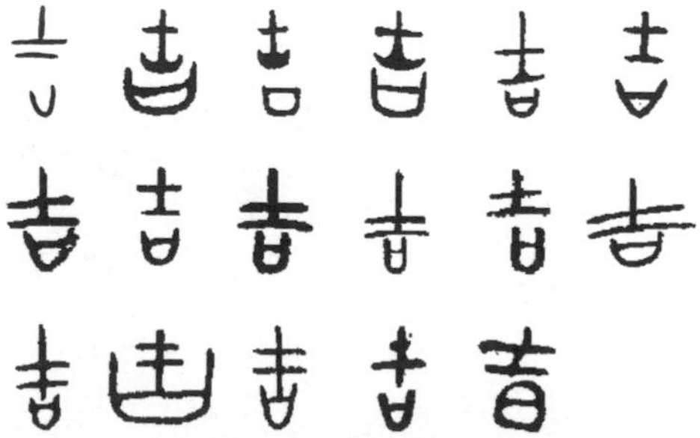

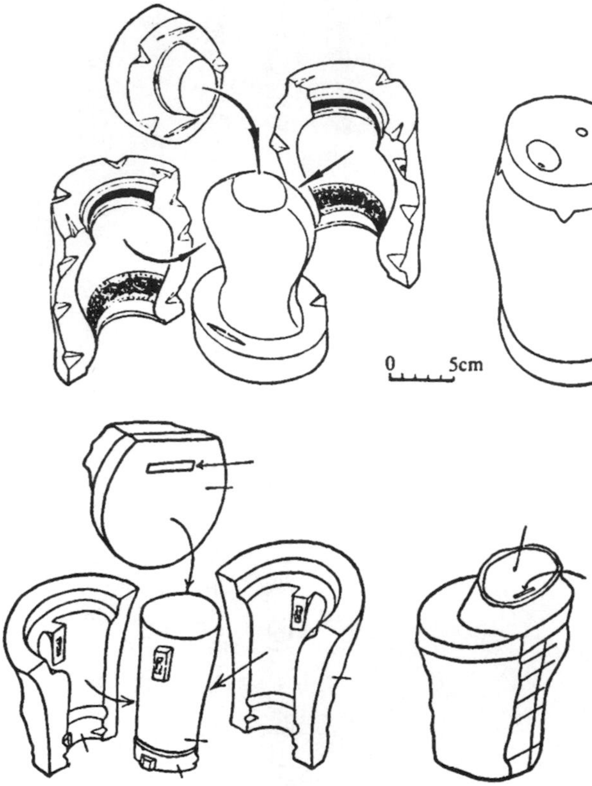

青銅鑄造的多片範合範的示意圖。

哲 ㄓㄜˊ zhé（嚞）

金文的哲字❶，字形多樣，看起來是一個形聲字的結構。表達意義的意符，有心，有言，有貝，還有一個省略成兩道斜畫。心是心臟的形象，代表有關思想與感情。言是一把長管喇叭的形象，代表經過思考的有意義的言論。貝是海貝的形象，代表價值或商業行為。有可能是冶字的省略，代表有關金屬工藝的事，詳後文。

根據《說文》：「，知也。从口，折聲。，哲或从心。，古文哲。三吉。」哲的意義是知，它的不同意符表達的是有思考、有價值、有專門性。至於聲符部分，一般是標示讀音，和創意沒

❶

有什麼關係。這個字的聲符非常多樣，從後來定型為哲聲的結果來看，這個字的創造經過很多嘗試，意符有幾種形式，聲符也是以折字為中心而有多樣的訛變，或把折字的木的部分錯成阜、錯成相。有可能這些也是表達專門的技術。整個哲字的結構重點，是表達高深的、專門的知識。

值得注意的是，《說文》還收錄一個古文字形。文字演變的趨勢，是把表意字變換為形聲字，很少反其道而行。很可能是哲字的早期字形。這個字由三個吉字組合，排列成上一下二的形式。這是文字結構的常例，強調某物的特性。例如三牛為犇（奔），牛體格強壯，群牛驚慌而奔跑起來聲勢嚇人。三犬為猋，群犬追逐獵物的時候全速奔跑的聲勢也很可觀。吉字的創意，是在深坑中鑄造銅器，可以得到良好質量的銅器，那麼字就是以三個吉字表達鑄造的達人，有高深經驗的冶金工人的意思了。

有可能哲字的一形，意符是治字的省略。治字表現在砧上鍛打鐵器的冶鐵方法，詳後文。所以也是與鑄造有關的事。從以上分析可以了解，哲字早先的字形可能是由三個吉字組合，借鑄造的達人（專家）表達知識或技術特別高明的人才。因為字形太過繁複，所以改為形聲字的結構。改變過程中，出現心、言、貝、冶等意符的不同字形，後來選定從口（替代言）折聲的最簡單字形。

嚴 ㄧㄢˊ yán

鑄造器物，首先需要煉礦，把礦石提煉為金屬的粗料。熔煉礦石，要對礦石有所認識並加以開採。人們從舊石器時代就開始尋找各種石材。上文介紹的璞字，字形描繪在深山挖掘未經加工的玉璞。弄字表現在深山挖到了玉璞，不勝欣喜而把玩的樣子。金文的嚴字❶，也是表現在深山挖礦的創意。最繁複的字形，對照已發掘的銅礦遺址情況，了解這個字形是表現穴洞外頭已有三個運出來的木盤。山洞中不適合使用易碎的陶器，所以用木盤盛裝挖掘出來的礦石。山裡有一隻手拿著鋸齒狀的挖掘工具和一個木盤子。整個圖形是表現山中挖掘礦石的情景。採礦是在高聳的山穴中進行的，所以有山巖的意義。挖礦很辛苦也很困難，進而有嚴格、嚴峻的意義。

❶

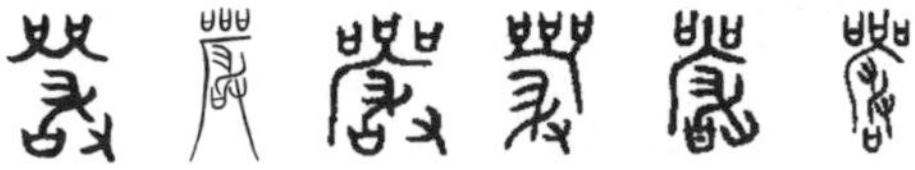

後來為了區分，就在嚴字之上加山的符號，成為巖字，與嚴字區別。有的把山洞外的木盤省略，也就是《說文》：「，崟也。一曰地名。从厂，敢聲。」「，教命急也。從吅ㄌㄣˊ，厰聲。，古文嚴。」解釋為形聲字。從金文的字形，知道口是表達盛裝粗礦的木盤，可以兩個或三個，甚至沒有。不是以吅做為意義的表達。

敢 ㄍㄢˇ gǎn

金文的敢字❶，可以看出字形是把嚴字的山巖部分去除。挖礦是非常辛苦而危險的工作，需要相當的膽量才會去從事，所以藉此創造勇敢、果敢的意義。勇敢是一種抽象的意義，借用採礦來表達。《說文》：「，進取也。从受，古聲。，籀文敢。，古文敢。」也說不出何以有進取的意義。

《史記．外戚世家》記載了西漢竇皇后的弟弟竇廣國（字少君）的事故：「少君年四、五歲時，家貧，為家人所略賣，其家不知其處。傳十餘家，為其主人入山作炭，暮臥岸下百餘人，岸崩，盡壓殺臥者，少君獨得脫，不死。」（少君四五歲的時候，家境貧窮，被人帶走

❶

賣了，家中不知他被賣到何處。又轉賣了十幾家，他為主人進山燒炭，晚上一百多人躺在山崖下睡覺，山崖崩塌，工人都被壓死了，只有少君脫險，沒被壓死。）古時候採礦技術和安全設備落後，危險性高，採礦顯然不是一般人樂意從事的工作。有些學者認為古代礦工大多是被迫從事的；商代或商代以前，礦工可能主要由罪犯、俘虜、奴隸充任，竇廣國就是一個例子。

古代有刖(ㄩㄝˋ)足（砍斷腳脛）的刑法，讓罪犯的反抗能力變弱而又不至於喪失工作能力，這種懲罰就是為了控制奴隸從事生產。有些學者認為，基於對金屬物資的需求，促使古代社會高階層持續強化對低階層的控制與管理，促進了國家組織早日完成。

深 ㄕㄣ shēn

金文的罙字、，一個人在穴中，張口呼吸而流冷汗的情景，這是發生在礦坑深處的現象，因而有深的意義。

深字上半部的「穴」，表現一個山洞有木樁支撐的樣子。為了防範坑道崩塌，使用很多木樁頂著。考古發掘湖南麻陽的戰國時期礦井，礦井是由許多豎井、斜井、平巷構成。只有挖礦的山洞才會這樣由木樁支撐，所以就用來代表山洞的意義。

湖北大冶境內的銅綠山古銅礦遺址，坑道深入地底達五十多公尺。湖南麻陽銅礦的礦井則深入地下四百公尺。無疑的，時代愈晚，淺露的礦床愈難找，就得愈挖愈深。銅綠山的礦坑，高度一般在一公尺多而已，最低七十五公分，寬度最窄只有四十公分。在這種情況下，必須彎腰、跪爬在狹窄低矮、崎嶇不平的坑道作業，效率當然不高，產量必然稀少，價格因而高昂。

挖掘山石會激起灰塵，礦石還要敲碎淘選才能運出坑口，以減少搬運礦石所費的勞力。灰塵增加了空氣齷齪的程度，而且礦井挖得愈深，壓力就愈大、溫度愈高，空氣也不流通，造成氧氣不足，呼吸困難。在那種又熱、又濕、呼吸又困難的環境下，礦工們的辛苦是可想而知。《說文》：「罙，深也。一曰竈突。从穴火求省。讀若禮，三年導服之導。」完全沒有解釋何以字形有深的意義。

柬 ㄐㄧㄢˇ jiǎn

金文的柬字，表現一個袋中有東西的樣子。這個字有揀選的意義，配合字形，我們可以推論這個字的創意。

古代有兩種工藝，需將材料裝於麻袋放入水中，讓水慢慢溶解材料的雜質，得到比較精純的品質，這兩種工藝就是採礦和紡織。礦石須打碎成一定程度大小的顆粒，初步去除雜質，才放進熔爐，以節省燃料的耗損。放在水流中讓水沖洗，溶解雜質，是最簡便經濟的方法。紡織業也會把絲麻的粗料放在袋子裡，讓流水把雜質去除。兩者手法相同，想得到的效果也一樣，所以不好確定放在袋中的到底是礦石或絲麻，但因此而有揀選的意義是可以確定的。

湖北大冶的銅綠山礦場有大池塘，河南鄭州古滎鎮的冶鐵遺址也有水井與水池，應當都是為了去除礦石雜質而設的。《說文》：「柬，分別簡之也。从束、八。八，分別也。」只說字的意義卻未解釋何以有揀選的意義。簡短的信件也稱為柬，因為也是簡要敘述信的內容。

爐 ㄌㄨˊ lú

甲骨文的爐字❶，早期字形，一個煉爐在支架上的樣子。接著是把支架和爐子的筆畫連在一起。為了聲讀方便，就加虎聲（虎的頭部）成為形聲字形式。

到了金文時代，字形變化多❷，一是爐子本身變得像是胃字，一是把支架換成了皿字。一是加上意符「金」，讓燒火器具的意義更為清楚。《說文》：「，方爐也。从金，盧聲。」當然只能分析為從金盧聲了。

燒火的爐子有大有小，大的是熔煉礦石的煉爐，小的是取暖的碳

❶

❷

爐、燒飯菜的爐灶。從甲骨文的其他字形，可以證明其中有做為煉爐使用的。甲骨文有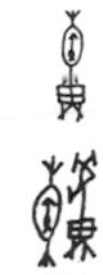的地名，一個鼓風的鼓風袋連結在一個爐子上的形象。燒飯、溫酒、取暖的爐子，不需要可提供高溫的鼓風設備，所以一定是熔煉金屬的煉爐，才需要鼓風裝置。根據考古的發掘可以證明，商代已有熔爐可熔銅鑄器。晚商的煉爐直徑有一公尺大。而西周的煉爐，內徑為八十八至一百七十公分的橢圓形。

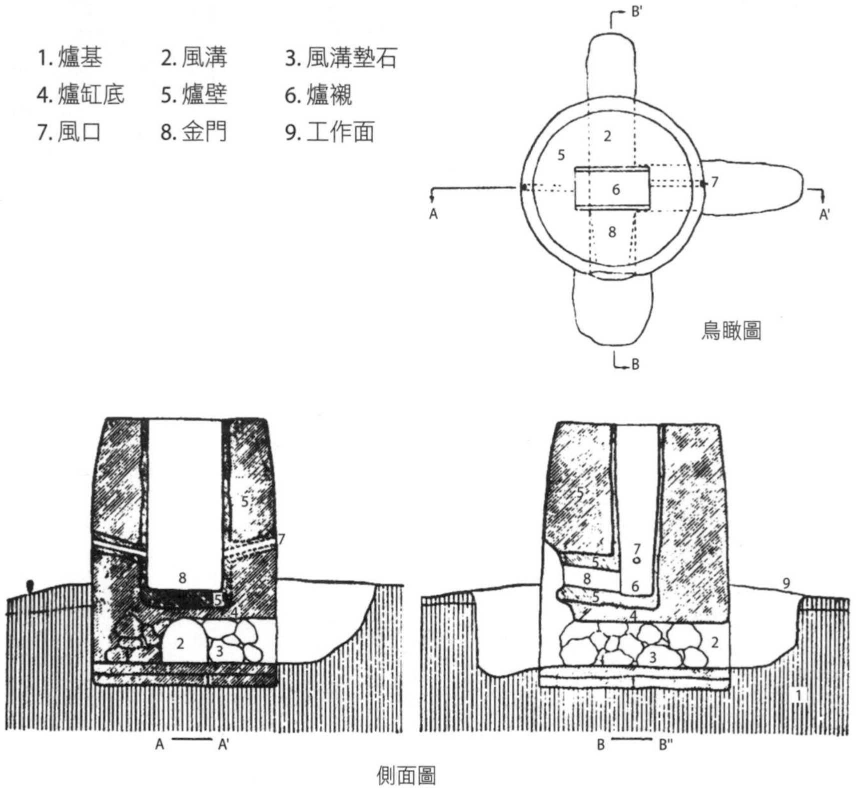

春秋時代高熔爐復原結構圖。

槖 ㄊㄨㄛˊ tuó

表達有鼓風設備、可讓煉爐提高燃燒溫度的文字是槖ㄊㄨㄛˊ。甲骨文的槖字❶，一個兩端綁住的袋子形狀，也就是現在所稱的風箱。至於字，袋子中有一個符號，目前還不能解讀，有可能是聲符，用來標示讀音。

金文的字形，表現袋子中有個缶的聲符。利用字的空間加上聲符，是文字創造的手法之一。《說文》：「，囊也。从槖省，石聲。」不知為何，把比較接近的缶ㄈㄡˇ聲，換成了相隔比較遠的石聲。

❶

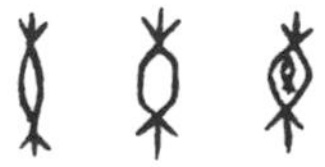

复（復） ㄈㄨˋ fù

商代的煉爐有鼓風設備，可從復字的創意得到證明。甲骨文的复字①，一隻腳在操作一個鼓風袋的樣子。鼓風袋的操作，是利用壓縮皮囊，把空氣送入煉爐，然後放鬆，使空氣補充入囊中。如此一緊一鬆的動作，使空氣不斷的送入爐中，幫助燃燒，提高溫度。

字上半部，中央長條形是由牛皮縫製的鼓風皮囊的本體，兩端分別是陶管及踏板，足則是帶動踏板的動力。由於鼓風的動作是反復不斷的，所以复字有反復、恢復、往復等有關的意義。後來可能多使用於旅行來往，所以加上行路的符號，而成為復字。

①

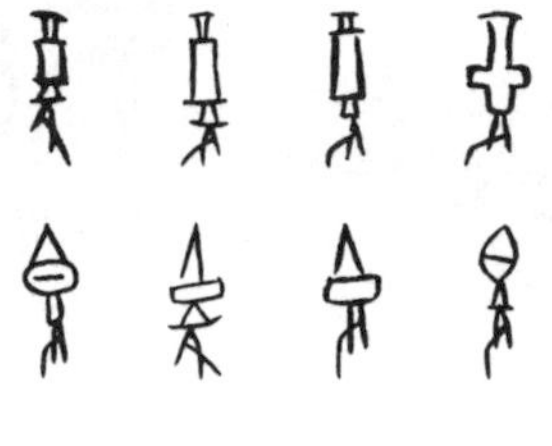

要使擠壓送入熔爐的空氣強勁，提高燃燒效果，則爐端的送風管口要稍微細小。所以甲骨文復字的陶管部分，有些作尖銳形。遺址也有出土一端寬、一端窄的陶鼓風管。經測定，商代煉爐壁的熔點，在攝氏一千一百六十度到一千三百度之間。因有鼓風設備助力，才能達到這樣的高溫。

金文的復字❷，字形有些失真，但形象還是容易看出來，同時也增加彳或辵的行路意義符號。《說文》：「，行故道也。从夊，畐省聲。」因為字形訛變，就看不出操作鼓風的形象了。從甲骨文的字形，可以看出中國早期的鼓風方式和西洋早期慣用的上下足踏式是一樣的，後來才改良為水平式的，由雙手操作更為有力，鼓風效果更好。

❷

厚 ㄏㄡˋ

hòu

甲骨文的厚字，一件大口尖底的容器靠在某物旁邊的樣子。從厚字的意義，可以推論創意是有關坩鍋的使用方式。熔化銅礦需要高達一千度高溫。銅的比重很大，煉爐流出的銅液，需要使用耐高溫、耐重的容器，才能盛裝銅溶液，傾倒進入型範，鑄造器物。

根據考古發現，早期是將大口的陶缸塗泥加厚來應用。累積相當經驗後，才燒造大口尖底的專用熔銅坩鍋。厚字所表現的大口尖底容器，與在商代遺址發現的坩鍋很相似。坩鍋的器壁非常厚，本身重量達十三公斤，加上盛裝的銅溶液，重量起碼在二十公斤以上。為了方便傾倒燙熱的銅液注入型範，就設計成上重下輕的尖底形式。但是上重下輕的東西不易站立不倒，所以需要斜倚在其他東西上。由於坩鍋的器壁遠比較一般容器的器壁厚得多，所以就借用來表達厚度的概念（如下頁圖）。

金文的厚字有兩類字形❶。可以看出是承繼甲骨文的字形，也是大口尖底的容器，倚靠著他物。另一字形❷，左半是大口尖底的容器形，右半看起來是一條繩索的一端有半圓型的鉤子，也許是用來搬運坩鍋的工具。這個字形後來不被使用。

《說文》：「，厚也。从反亯。凡㫗之屬皆从㫗。」「，山陵之㫗也。从厂、从㫗。，古文厚。从后、土。」分錄為兩個字，但都有厚的意義。分析字形的創意時，誤以為與山陵有關。

❶

❷

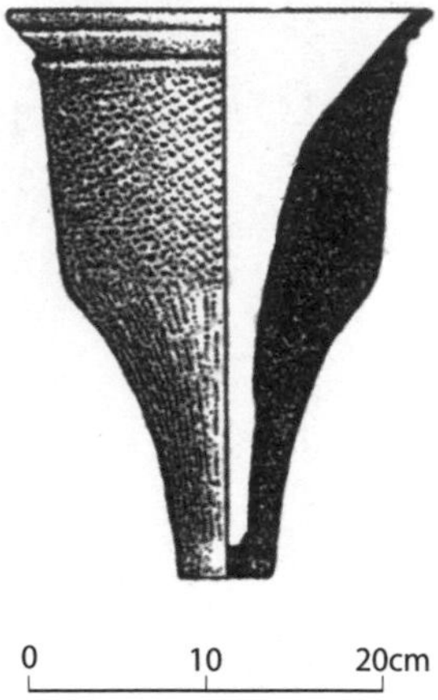

紅陶熔銅坩鍋
高 32 公分，口徑 22.8 公分，河南安陽出土，
商晚期，西元前十四至十一世紀。

則 ㄗㄜˊ zé

商周之間的西周甲骨文的則字，一個鼎與一把刀的組合。在商代，銅鼎是祭祀使用的器具，外觀必須輝煌耀眼，增加祭祀時陳列祭品的美觀。銅刀是實用的切割工具，必須鋒利、耐磨。要讓銅器美觀或鋒利，取決於銅與錫合金的不同比例。對於器物的性質有不同需求，原料就須採不同的合金比例標準，才能鑄出合於理想的器物，所以就以一鼎和一刀來表達準則、原則等意義。

金文的則字❶，結構也是一鼎與一刀，但是鼎的字形漸漸訛化，接近金文貝字的字形，變成一貝與一刀的結構。《說文》：「，等劃物也。从刀、貝。貝，古之物貨也。，古文則。，籀文

❶

則，从鼎。」解釋成使用刀把一枚貝切割成多等分。海貝的外殼很堅硬，商代的銅刀不容易切得動。當然這是基於錯誤的字形所做的解釋，現在有了甲骨與金文的字形，很容易看出從鼎字變化成為貝字的過程。所以《說文》的解釋不能採信。

《考工記》對於合金的成分，有這樣的記載：「六分其金而錫居一，謂之鐘鼎之齊。五分其金而錫居一，謂之斧斤之齊。四分其金而錫居一，謂之戈戟之齊。參分其金而錫居一，謂之大刃之齊。五分其金而錫居二，謂之削殺矢之齊。金錫半，謂之鑒燧之齊。」雖然歷代學者對於這六種不同器物的合金配方各有見解，但是銅器的成分會造成成品性能的差異，則是共識。

現代實驗結果，當錫的成分佔十七％到二十％時，青銅的質料最為堅韌，適宜鑄造斧斤、戈戟等物件。當錫佔十到四十％時，硬度最高，宜於鑄造大刃、削、殺矢等需鋒利的器物。又，錫的成分增高時，青銅的呈色也由赤銅，赤黃，橙黃，淡黃而變化至灰白。鐘鼎要求有輝煌的赤黃顏色，陳列出來才美觀高貴，所以含銅的成分要高。鏡子則要求有良好反映效果的灰白顏色，所以含錫的成分要高。

呂 ㄌㄩˇ lǚ

甲骨文的呂字❶，意義與鑄造有關，很容易看出是表現兩塊金屬錠的形象。甲骨卜辭：「王其鑄黃呂，奠血，唯今日乙未利？」（王將要鑄造黃呂，舉行奠血儀式的時候，選用今天乙未日是有利的嗎？）。奠血是對新鑄成的器物的釁血儀式。呂既然與鑄造的事有關，又是黃顏色，毫無疑問是有關鑄造銅器的卜問。

周代的銅器銘文，呂字也多與鑄造器物有關，如「邾公牼擇其吉金，玄鏐爐呂，自作和鐘」、「王賜X呂，用乍彝」等。金文的呂字❷，除作兩個方框或兩個橢圓形外，有時附加義符的金，所以呂字一定是金屬錠的象形。呂是礦石熔煉後以後的形象，使用的

❶

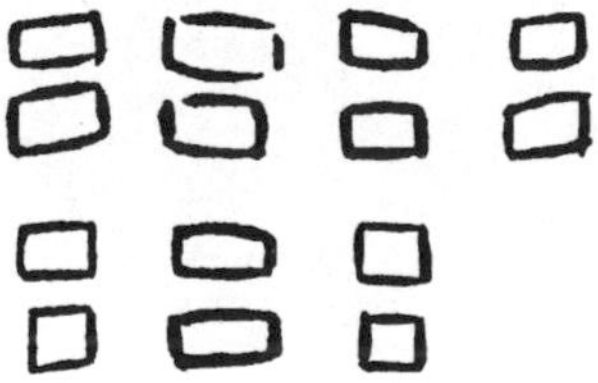

意義可能是純銅，或任何的金屬錠。如果要明確指是何種金屬時，還得說明是黃呂，或是爐呂等。

《說文》：「呂，脊骨也。象形。昔大嶽為禹心呂之臣，故封呂侯。凡呂之屬皆从呂。膂，篆文呂从肉，旅聲。」從甲骨文與金文的字形與使用意義來看，意義是金屬錠。許慎卻解釋為脊骨的形象，大概是把呂與膂誤以為同一個字的緣故吧！

❷

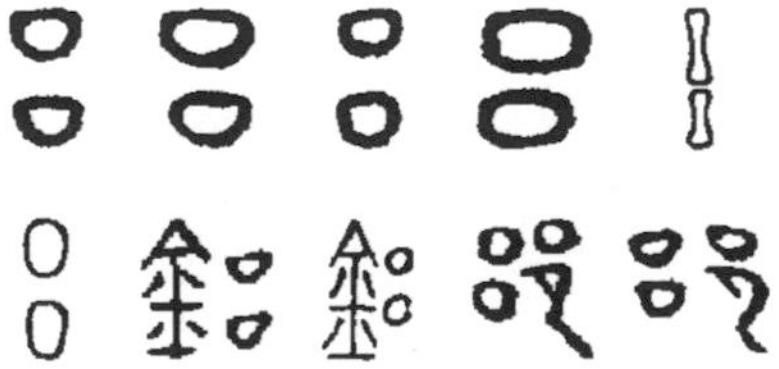

錫 ㄒㄧˊ

xí

青銅合金的主要成分，是不同比例的銅與錫。早期的銅都稱為金，到了漢代，金被用以轉稱黃金，所以才又創造銅字來指稱青銅器或銅料。商代還不見錫字，也不知如何稱呼。

春秋時代的銅器提到錫字，由三部分組成；金表示這種物質是金屬類，易的創意還不確定，在此字做為音符，另一個元素，對照呂字，應該是錫錠的形象。可能華北的錫多由華南進輸入，多半是已經粗煉成為一錠錠的形狀，所以才在字中把錫錠的形象給表現出來。後來就省略這個不必要的成分。《說文》：「，銀鉛之間也。从金，易聲。」

鐵 ㄊㄧㄝˇ tiě

金屬的分類，西洋以鐵與其他非鐵金屬，如銅、錫、鉛、鋅等，分居不同部類。戰國晚期的《管子・小匡》則以「美金」和「惡金」來區分青銅與鐵。大概是因為鐵容易氧化生鏽，不美觀的原因。

鐵能以天然形態存在，或存在於天外飛來的隕石。西方起碼在西元前二千九百年就已利用隕石製作裝飾物。考古證據也發現商代利用隕鐵打造武器的例子，顯然那時已知鐵的銳利性質。純鐵呈銀白色，可以鍛打、拉長，還具有磁性，被視為貴金屬，被稱為「天上來的銅」或「天上的金屬」。

一般鐵礦需要經過冶煉過程，通過加熱，與碳結合成，可以打造不同性質的鋼，硬度與韌度都超越青銅。鐵可以打造工具，改進工作效率，提高生活水平；也可以打造武器，成為軍事強國。一旦人們能夠把礦石熔煉成鐵，大量打造工具和武器，社會文明就會進一步提高，進入鐵器時代。

春秋時代，鐵器製作數量愈來愈多；到了戰國時代，很多青銅器都被鐵器取代了。鐵字最早可追溯到西周初期，《班簋》有「土馭人」的銘文，是某種職工的職稱。後來的鐵字，可能就是從這個字發展出來的，有學者認為「人」就是冶鐵的工人。春秋時期的《叔夷鐘》有「陶徒四千，為汝敵（嫡）寮」的銘文。後代的陶鐵是常見的複詞，所以徒很可能是指冶鐵的工人。

《說文》：「，黑金也。从金𢧜聲。，古文鐵从夷。，

鐵或省。」「，利也。一曰剔也。从戈呈聲。」鐵字以戜為聲符，戜的意義是利，銳利是鐵的利用價值所在，應該就是鐵字的初形。

依文字演變的規律，的部分可能會變成「呈」的機率非常大，所以是戜的早期字形，鐵的字源。

字的創意大致取意於在砧（呈）上鍛打武器（戈）。鐵的性質軟，但是加入碳以後會變得堅硬而銳利，非常適宜打造利器，須在堅硬的砧上多次加熱、鍛打，因此戜字是鐵的早期字形是合理的，兼有鐵以及銳利的兩種意義。鐵是金屬的一種，後來加上金的意符而成為鐵字。後世鎔鑄業常與燒陶業並提，所以陶徒就是陶鐵業的工人。

鐵容易氧化鏽蝕呈褐色。如果鐵器長期埋藏於地下，必然會接觸地下的濕氣而腐蝕得無影無蹤，因此很難以實物去證實人們何時知道

鐵的性質、用鐵打造器物。以前不少人懷疑中國在春秋晚期以前沒有冶鐵的事實，對於提到鐵的較早期文獻，都想盡辦法給予否定的解釋。不過，二十世紀在河北平谷與藁城發掘了兩個商代中期的遺址，發現兩件嵌鑲鐵刃的銅兵器，充分說明中國在三千年前，不但知道鐵這種金屬，還了解鐵的銳利性質，並能把鐵材鍛打成為銳利的刃，再套鑄於戈、鉞一類的兵器中。幸好鐵刃被套鑄在銅兵器裡，沒有完全被氧化，現代的儀器還可以偵測到鐵存在的痕跡。如果整件兵器都是鐵打造的，恐怕就會腐蝕得無影無蹤了。

顯然中國人從隕石了解到鐵的性質，誘發人們去探尋鐵礦。已出土的商代遺址，不只一次發現有鐵製利器，所以西周時代已有文字代表鐵，一點也不奇怪。

鐵礦在中國的分布也比較銅、錫等礦藏更廣。熔煉鐵礦取得的鐵，大致分兩種。一是海綿鐵，或稱熟鐵，是把其他的雜質熔化了而留下鐵塊，上頭有燒掉雜質的一個個孔洞，好像海綿，所以命名為海綿鐵。這種鐵含碳量少，性質軟，需要不斷鍛打使碳滲入鐵而變成鋼，才有大用。另一種是生鐵或稱為塊範鐵，利用超過攝氏一千二百以上的溫度把鐵熔化，這種鐵含碳成分超過三%，性質脆弱，容易斷折。需要鍛打擠出碳的成分到一%左右而成為鋼。

西洋知道鐵這種金屬，以及鍛打熟鐵成鋼的技術，都不晚於中國，卻比中國遲了至少好幾百年才能製造生鐵。大概因為中國人偏好使用型範的方式來鑄造器物。前已介紹的商代銅器各種熔鑄的加工方法中，不但是鑄器，甚至對於花紋、零件等的加工，幾乎也只用型鑄套合一個方法。為了想盡辦法提高煉爐裡的溫度，把鐵礦熔化成液態而澆鑄器物，才會那麼早發現生鐵。西洋人習慣使用鍛打的方式製造器物，所以沒有必要要把鐵塊熔化。使用生鐵鑄造器物，可以大大縮短生產時間，降低成本，所以中國在發明生鐵以後，冶鐵業大見發展，產業也更進一步的提升，真正進入鐵器時代。

河北臺西城商代遺址出土的鐵刃銅鉞。

冶 ㄧㄝˇ yě

鐵冶、陶冶、冶煉、冶金，都是冶字相關的常見詞彙，冶字是使用鐵器以後才出現的字，與鍛打鐵的技術有關。金文的冶字❶，出現次數非常多，比較複雜的字形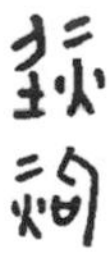，大至可以看出幾個構件，有刀，有火，金屬渣，以及可能表達砧。冶可能表現以火加熱，砧上鍛打生鐵鑄成的刀，捶打去除多餘的炭素和雜質的樣子。也可能是對於熟鐵，反覆在炭火上加熱、滲碳、鍛打，使碳素均勻分布，並擠出雜質的滲碳鍛打製造器物的方法。總之，冶字應是表現有關鍛打鐵器的技術。有時就簡省其中部分的構件，最後選定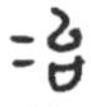的字形。

❶

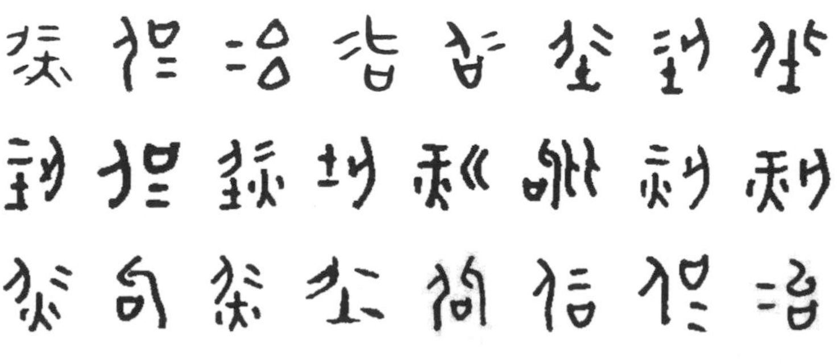

《說文》：「冶，銷也。从冫，台聲。」這是只就小篆的字形所做的解釋。知道冶字有這麼複雜的字形，就知道不能以形聲字來解釋。

段 ㄉㄨㄢˋ

duàn

鍛打的鍛字以金為意符，段為聲符。段字很可能就是原來的字形。金文的段字❶，一隻手拿著一把工具，在山中挖掘到兩塊金屬錠的景象。挖掘礦石需要用工具在山石上敲打，所以有敲打的意義。

《說文》：「，椎物也。从殳，耑省聲。」解釋為耑省聲。的部分既不像耑字的省略，也確實表現打擊山石，掉落礦石的情景，所以形聲的解釋是不足採信的。

❶

晉 ㄐㄧㄣˋ jìn

甲骨文的晉字，是一個地名，創意與金屬的製造業有關。字形顯然與箭的形象有關，表現兩枝箭在一個日形的東西上。金文的字形❶，大致與甲骨的字形相似，但日形的東西訛變成類似甘字。

《說文》：「，進也。日出而萬物進。从日从臸。易曰：明出地上晉。」把這個字分析為从日从臸。日形明明在臸之下，與太陽高掛在天際的事實不合。應當別有創造的意義。

秦漢時候，晉字除了做為地名之外，也用來指稱兩片型範所鑄成形的器物，如銅鏃、銅鐓等簡單器形的鑄件。後世的註釋家以為那是

❶

由於聲讀的假借。其實，晉字是表達雙片範型，用以鑄造像箭鏃、器鐓的表意字，所以古籍才用以表示由兩片範成形的鑄物。它的創意約如下頁的圖解。

曰是型範套合以後的澆注口（所以有時寫成圓圈），雙矢則表示併列的，或上下型範的鏃溝。由於曰與日的形象絕似，歷來文字學家都無法找到太陽與箭之間的合理關係。經此圖解，就不難明白晉字與鏃、鐓等意義之間的關係了。

金屬鑄造的程序是先要塑造模型，即以泥土先塑造所想要鑄器物同大小的模型。然後在上頭雕刻花紋或文字以便翻範。翻範的方法，是將過濾過的細泥調製濕潤，拍打為扁平泥片，按捺在模的外部，用力壓緊使花紋細節反印泥片上。等待泥片半乾時，用刀分割成為數片，晾乾或燒烤，每一片就是一個型。最後的手續是套合。在模子上刮下所要鑄造器物的厚度，然後把外範和內模套合。兩者的空間就成為器物的厚度。內外模型的榫眼要扣合，並以繩索綑綁牢固，再抹上泥土加以強固，以防備澆灌時範片走位，導致失敗，然後就可把銅液從澆口灌入了。

這種費時又複雜的範鑄法，是中國早期鑄造銅器的唯一方法，甚至零件和修補也用同樣的方法。這是中國鎔鑄技術的特色，和西洋用脫蠟法以及鉚釘、熔焊、錫焊等加工法大異其趣，也是中國獨力發展鎔鑄術技術最有利的證明。

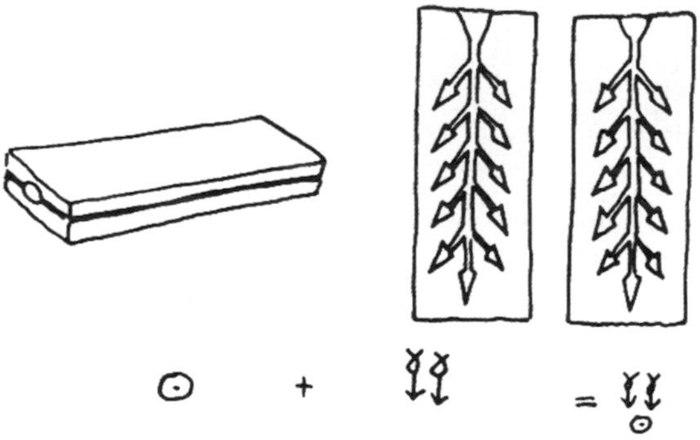

晉字的創意圖解，兩片型範的鑄造方式。

7

物資交流

貨幣與商業普及

社會中有百工百業進行各種生產與製造，供應社會需要的物資，商業行為與商業機制也就應運而生。商業行為促使商品標準化，以及計量工具系統化。

隨著時代演進，社會逐漸分工，以提高生產的產量和產質。首先是本族內的分工，慢慢演變到某個部族專門從事某樣工作。分工會導致生產不平衡，需要相互交換多餘的產品。遠古時候沒有私人財產，交易是部族與部族之間的事。家族之間也可能交換禮物以鞏固友誼。這些物品交換，就是初期的商業行為。

早期社會分工不細，人們交換的主要是生活需要而自己不能製作的物品，或附近沒有生產的材料及飾物。這些交易行為通常是不定期的，做完交易就各自回到自己的地方。後來進展到人們擁有私人財產，交易就擴及個人之間了，商品的製作也愈來愈專門。一般而言，定居的生活比游牧生活更需要從事交易，因為游牧的活動範圍廣，比較容易採集到生活所需要的物資。

古人做交易的地點，往往選在人們經常聚會的地方。在人們尚未聚集成村邑的時代，人人取水的河濱，大概就是交換物品的所在。聚居成為村邑以後，幾家合作開挖的水井，是公眾取水、洗滌的場所，也就成為交易的地點，所以後來會有「市井」一詞。

傳說首創市場交易制度的是神農氏。《周易．繫辭下》：「神農氏……日中為市，致天下之民，聚天下之貨，交易而退。」那是農業剛發展不久，生活型態單純，社會分工不細的時候，交易數量及種類不多，活動範圍也有限，偶爾才會有從遙遠地方交換到的稀罕物品。如果在遺址發現鄰近地域不出產的某些產品，就可確定那是透過商業行為交換來的。

在河南新鄭裴李崗一個測定為距今七千九百年前的遺址，發現了綠松石。最近的綠松石產地是湖北，距離新鄭至少幾百公里，這綠松石應該就是從遠地交換得來的。

市 ㄕˋ shì

甲骨文的市字，以文字演變的規律看，較早期的字形可能作，一枝長竿上有某種東西，後來才加上無意義的裝飾小點。長竿上到底是什東西呢？《周禮．司市》：「凡市，入則胥執鞭度守門，……上旌于思次以令市」。（凡進入市場進行交易，胥手拿鞭杖守在入口，……把旌旗懸掛到思次屋樓，表示交易開始。）注釋說：「上旌者以為眾望見也。見旌則知當市也。思次若今市亭也。」甲骨文的市字，應該就是長竿上高高懸掛著旗幟，讓人遠遠就望見，知道市場開張了，可以去交換物品，所以「市」有交易場所的意義。

甲骨文的「市日」是一個時間副詞，應是早餐到下午餐之間的時段。商代人們大多務農，清早就去田地工作，這個時段稱為旦或晨。然後是大放光明的「大采」。接著是吃早餐的「大食」時刻，其次是太陽高掛天空的「日中」或「中日」。接著是太陽開始西傾的昃(ㄗㄜˋ)的時刻。然後就是吃第二餐的「小食」時刻。之後漸漸天黑，光線昏暗，不可能做生意了。商代的「市日」，一定比神農氏所定的「日中為市」時間要長，大致是「大食」之後、「小食」之前的幾個鐘頭，太陽還光亮的這段時間。

這時還沒有常設的商店。金文的字形，長竿已與市場的標示物分離。《說文》：「，買賣所之也。市有垣，从冂，从乁。象物相及也。乁，古文及，象物相及也。之省聲。」小篆又有訛變，把裝飾的兩小點延伸，所以才解釋為買賣的地方有圍牆。不敢肯定早期的市場是否如後代有圍牆，但甲骨文與金文的字形都沒有表現圍牆的樣子。

交易 ㄐㄧㄠ ㄧˋ

jiāo yì

甲骨文的交字❶，表現一個大人兩腳交叉的形象，表達抽象的交叉現象。以這種姿態站立，因為重心不穩，不能持久，正常情況是不會這樣站立的。如果是坐著，古代也沒有坐在椅子上的習慣。這可能不是生活習慣，而是有意以這種姿勢來表達與「交易」有關的抽象意義。

上文引《周易．繫辭下》有「交易而退」的話語。甲骨文的易字❷，好像是某種軟體硬殼的生物爬在岩石表面而留下痕跡的樣子。如果只描繪這個生物的形象，可能會和別的字混淆，因此還要加上生活環境的描寫。蚌殼類的殼很堅硬，破裂處很銳利，可以做為收割穀物

❶

❷

的工具，是早期的重要農具，可以拿來做為造字的題材。易是蚌殼的象形字，這個猜測還沒有證據可以證實。

這個字在甲骨卜辭，做為改易、賞賜、易日（大晴天）等意義使用。賞賜也是一種禮物交易行為。方國向宗主國進貢龜甲、馬匹、海貝、玉石等土產，宗主國也以賞賜的名義回贈禮物，變相達到交易目的。或許這就是易字有贈賜，也有交易的意義的原因。

到了金文❸，字形開始變異，外彎的斜線變成內彎，而半圓圈也上移，又內加一小點，就被誤會為蜥蜴一類的生物形象。後期又有❹的字形，像是一個水匜有水快溢出來的樣子，所以說是益字的省體。

《說文》：「，蜥易、蝘蜓、守宮。象形。祕書說曰：日月為

❸

❹

易。象陰陽也。一曰从勿。凡易之屬皆从易。」從甲骨的字形可以肯定，「易字是日與月的組合」這個說法是錯誤的。至於像蜥蜴的形象，上文已辨明是因字形訛變，而且蜥蜴行走也不會留下可見的行跡。

質 ㄓˊ zhí

《說文》：「質，以物相贅。从貝从所。闕。」這個字雖然還沒有見到早期字形，但是應該是存在的。小篆字形表現以兩把石斧的斤交換一個海貝的交易行為。

在沒有使用貨幣以前，交易方式是以物易物。周初的《易經・旅卦、巽卦》有「得其資斧」、「喪其資斧」，稍後的《居簋》有「舍余一斧，貨余一斧」的銘文，都反映古代以石斧或銅斧等工具交易貨物。好的石材不是到處都有，質材良好的石斧，人們都想取得，是經常交易的物品。

貝 ㄅㄟˋ bèi

甲骨文的貝字❶，這個字形最為寫實，表現一枚海貝的腹部形象。中國地區發現的海貝，產於印度洋及南海島嶼附近的溫暖水域。海貝外殼堅硬細緻，有美麗色彩與光澤。尤其它個體輕巧、形狀均勻，長度一般是二公分上下，不易損壞，可以串聯成為美麗的飾物，收藏、攜帶方便，是華北地區人們普遍喜愛的物品，也是中國北方與沿海地區進行交換的重要商品。

由於北方不易得到海貝，視之為有價值的東西，就用貝字代表交易行為以及貴重物。

❶

質字的創意，是以兩把石斧交換一枚海貝；前者是日常生活必需品，後者是珍罕的物資，兩者都是人們經常交換的東西，所以有等價的意思。《周禮》有「質人」一職，主管商業契約，負責管理官方大規模的交易。以「質人」名稱表示經理的職務。以海貝構成的字，意義大都與「商業」、「價值」有關。海貝是商、周的王賞賜臣下的珍貴禮物，出現次數非常多。

金文的貝字❷，字形漸漸變化而不像海貝的形狀了。《說文》：「，海介蟲也。居陸名猋，在水名蜬。象形。古者貨貝而寶龜，周而有泉，至秦廢貝行錢。凡貝之屬皆从貝。」雖然字形已變，但《說文》仍理解這是海貝的象形字。

海貝原先是因為罕見、美麗而被華北地區的人視為有價值的東西，製作為裝飾物，後來卻被當做交易的媒介。海貝角色的演變，大

❷

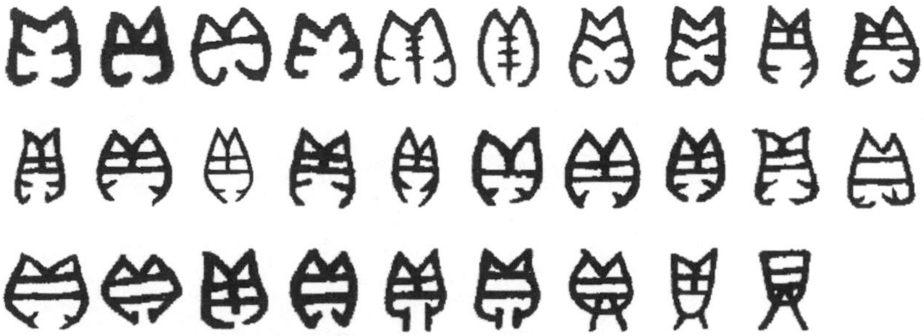

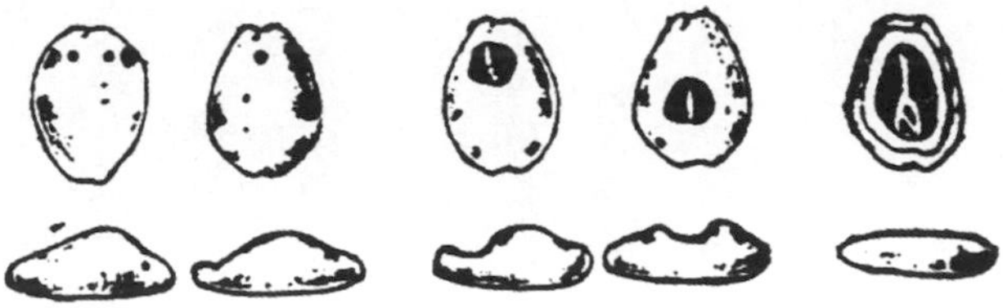

商代貝幣發展的三個階段。
a. 穿細孔 b. 穿大孔 c. 背磨式

致從海貝的加工方式可以看出。商代墓中隨葬的海貝，依其時代先後，最先是完整的，接著是在背部挖一個或兩個小孔，以便穿繫繩索掛在頸上，還保持海貝的完整性與美麗。接著是挖鑿大孔，海貝的美麗形象大減，大概已具貨幣性質。最後則是把海貝背部凸出部分幾乎磨平。如上圖所示。把海貝磨成扁平狀，減輕重量，方便攜帶，應該已負起了貨幣交易的作用。

嬰 一ㄥ yīng

金文有一個族徽作用的嬰字❶，表現一個正面站立的人，頸上懸吊著一條使用許多海貝串聯起來的項鍊。有可能中國的男性，自從黃帝創制服制以後，把項鍊改為在腰際懸掛的璜，男性成年人就少使用項鍊，所以把主要代表男性的大改為女性的女而成為嬰字。《說文》：「，頸飾也。从二貝。」「，繞也。从女、賏。賏，貝連也，頸飾。」《說文》分析為賏、嬰兩字，一為頸飾，一為環繞的意思，說明是繞在頸項使用的。

❶

朋 ㄆㄥˊ

péng

甲骨文的朋字❶，從上一個嬰字的表現，可以了解是一條項鍊的形象。人們一向看不到頸後的部分，所以只須胸前的部分串連海貝，兩端數量一致。後來為了書寫方便，頸後部分先是寫成直線，終於成為不連的線。金文的朋字❷，承繼商代後期的字形。

《說文》：「，古文鳳。象形。鳳飛群鳥從以萬數。故以為朋黨字。，亦古文鳳。」誤以為是鳳鳥的象形字，所以附會說鳳鳥飛行時，跟隨的群鳥數目有上萬隻，而有朋黨的意義。顯然是不正確的。

海貝個體小，單枚海貝很難引起注意，所以串聯成一條頸飾。海

❶

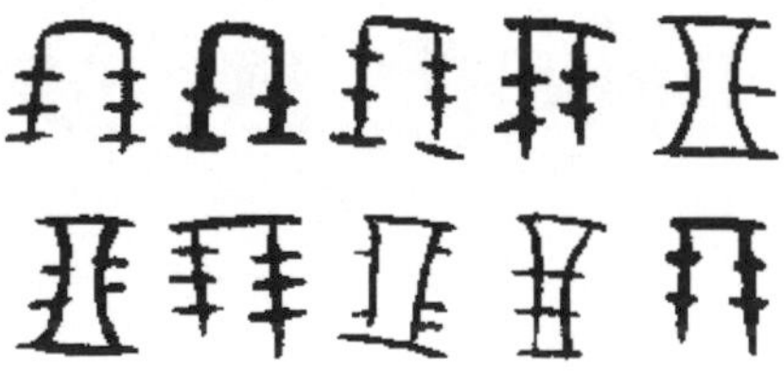

❷

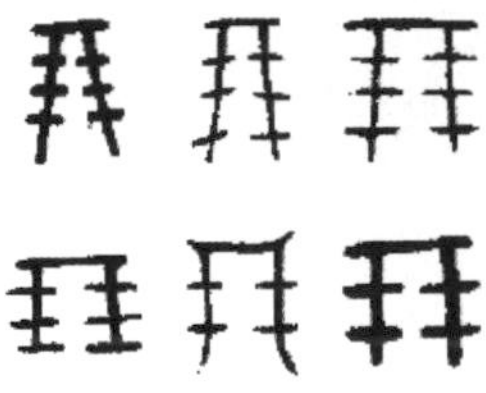

貝串在一起，有如朋友經常在一起，因而有朋友的詞意。每個人所使用串聯的海貝數目本來就不會一致，後來海貝以朋做為計算的單位時，中國計數習慣以十進位，所以計算海貝的朋，做為單位，就是十枚了。商代提及貝的例子不多，而且也以十朋以下為常。西周早期的《令簋》：「賞令貝十朋，臣十家，鬲百人。」以貝十朋，與臣十家、奴隸百人等列，明顯反映其價值之高。後來因為累積的數量愈來愈多，價格就大減。西周中期的賞賜，常見二十朋、三十朋、五十朋，甚至一百朋的情形。

買 ㄇㄞˇ mǎi 、賣 ㄇㄞˋ mài

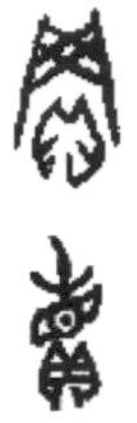

甲骨文的買字❶，一張網子網到一顆海貝的樣子。海貝可以用來購買東西，所以有購買的意義。北方沒有見過海貝生長的情形，想像貝和魚一樣是用網子來捕捉的。原先交易的雙方都使用買字，後來另創賣字，分別以買字做為購買的一方，賣為出售的一方。

金文的賣字，以省貝組合而成，省字有檢驗、省察的意思，大概表達檢驗購買的人所使用的海貝形狀是否完整、確實。這是賣方的顧慮，所以用以表達出售的一方。

《說文》：「，衒也。从貝，𡇒聲。𡇒，古文睦。讀若育。」

❶

衒的意義是行且賣，猶如後世的行貨商人，巡行一定的路線出售貨物。這是繼「日中為市」之後發展出來的。小篆把省字的眼睛錯成了冏字，木字也訛變，字形成了𧶠，所以解釋為形聲字。另外還有一字，《說文》：「，出物貨也。从出从買。」這是為了與買字加以分別，表達出售的一方。金文不見此字，可能是比較晚出的字形。字形的演變，這兩個字後來都成了賣字。

實 ㄕˊ shí

金文的實字❶，房子裡有貝有毌的形象。毌大致是收藏海貝的箱櫃形象。貫的結構和貯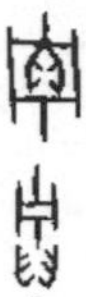字類似，表示屋內有海貝收藏在箱櫃中，有富足的意義。《說文》：「，富也。从宀，从貫。貫，貨貝也。」解釋貫為貨物，稍有不足。應該明確表示是有金錢的意思。

貯字前已經介紹過，本來是收藏海貝等高價值的箱櫃，有貯藏的意義。但在金文的銘文，大都是交易的意義。西周〈衛盉〉銘文：「矩伯庶人取瑾章于裘衛才（價）八十朋。厥（它的）貯，其舍（捨棄）田十田。」（矩伯的庶人從裘衛那裡取得瑾璋，定價為貝八十朋，然後給了〈裘衛〉田地共十田。）〈頌鼎〉銘文：「令汝官司成周貯廿家，

❶

監司新造貯，用宮御。」（命你管理有二十家胥隸的倉庫，監督管理新建的宮內用品倉庫。）銘文中的貯，意思都是商業交易。有錢才能囤積貨物以待銷售。可以了解貯藏與交易意義之間的關聯。

寶 ㄅㄠˇ bǎo

甲骨文的寶字❶，屋裡有海貝與玉串的樣子，字的結構與實字完全相同。玉串和海貝都是從遠方交易而來的東西，都是寶貴的東西，值得珍藏。玉串和海貝彼此沒有關聯，所以字形位置可以對調。

到了金文的時代，字形❷呈現多樣化。首先是加上聲符缶，使讀音清楚，玉、貝、缶三個構件的位置也可以隨意安排。因為字形太過繁複，有的省略玉，有的省略貝，甚至只有聲符。或是改變聲符為保，或更繁複表現以雙手捧拿等等。《說文》：「，珍也。从宀、玉、貝，缶聲。，古文寶省貝。」解釋正確，字形的形式也固定了。

❶

❷

賴 ㄌㄞˋ lài

甲骨文的賴字，袋子裡有兩枚海貝的樣子。把海貝收藏在袋子裡才不會遺失，所以有可以信賴的意義。甲骨文是用刀具在堅硬的骨頭上刻字，不容易畫彎曲的線條，所以袋子的形狀中斷了。金文的字形，為了強調藏在袋子裡的安全，袋子上端多綑綁了一圈繩索，而海貝也只留一個。

《說文》：「，贏也。从貝，剌聲。」小篆的字形把海貝移出袋子，又加上一個人的形象，可能表達人收藏海貝於袋中的意思，卻被誤會為從貝剌聲的形聲字了。

商 ㄕㄤ shāng

甲骨文的商字❶，從文字演變的規律看，早期作，後期才加無意義的口填充符號。商字在甲骨卜辭都是指商代的政治中心（首都），有亳商、丘商，中商、大邑商等等。所以商字字形是表現建築物的形象。世界各地的習慣，進入聚落的入口處，經常豎立一座圖騰類建築物，商字大致就是那種高聳的入口建築形，表達政治的中心地點。

金文的字形❷，承繼商代後期字形而有一些小變化。《說文》：「，從外知內也。从冏，章省聲。，古文商。，亦古文商。，籀文商。」解釋為從冏的形聲字。只須比較甲骨與金文的字

❶

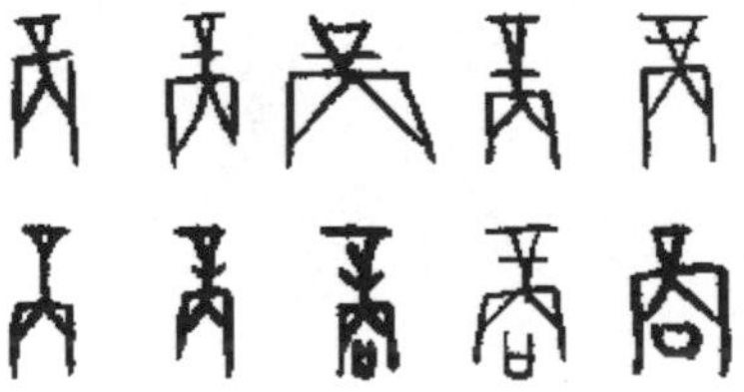

形，便知許慎的分析是錯誤的。至於「從外知內」的字義也不知何所根據。

在商代，表達「賞賜」都用易（賜）字，到了西周時代，商字還被假借為賞賜的意義，但也都沒有與商業有關的意義。《說文》：「𧶜，行賈也。从貝，商省聲。」許慎解釋這是從貝商聲的形聲字，與商字本來的意義可以沒有任何關連，但因字形被省略而與商字同形，因此連帶商字也有了行商的意義。

傳說商民族善於從事貿易，商的先祖王亥曾經牽牛車到各部落從事交易，後來被有易氏殺害。周克商之後，商人肥美的土地盡為周的征服者所有。從事商業需要計帳能力，受過教育的商貴族，無能力耕田，為了謀生，就重新拾起祖先的故業，歷盡辛苦到遠地從事貿易。因為從事商業行為的人大都是商的貴族，所以就稱從事交易的人為商

❷

人。

商遺民普遍從商的事實，見於周初文獻。《尚書・酒誥》：「妹邦嗣爾股肱，純其藝黍稷，奔走事厥考厥長。肇牽車牛遠服賈，用孝養厥父母。」（殷商遺民，是你的左右幫手，讓他們專心種植黍稷，勤勞工作以孝敬自己的父母尊長。或駕牛車到遠方去做生意，以所得來孝養自己的父母。）通商對於商遺貴族來說，是田地被沒收以後無可奈何的行業。周朝的統治者蔑視這種不能恆居的人，而名其行業為商。不過，銅器銘文沒有使用商為商人的例子，也許這是更為後期才有的意義。

在西周初期，商人從事交易，是不得已的謀生方式，其地位低賤、生活不再富裕，可想而知。但是隨著列國之間戰爭頻仍，某些戰略物資需求增加，交易量提高，利潤也相對增加，商人生活又漸漸富裕起來，社會地位隨之提高，成為各國國君禮遇的對象。所以司馬遷《史記．貨殖列傳》：「夫用貧求富，農不如工，刺繡不如依市門。此言末業，貧者之資也。」說經商是最容易富裕的行業。

敗 ㄅㄞˋ bài

甲骨文的敗字，有兩類字形，一形作❶，表現兩手各拿著一枚海貝相互碰撞的樣子，這樣海貝會破損而喪失寶貴價值，所以有敗壞的意義。另一形，一手拿著棍棒敲打海貝的樣子。這樣海貝也會被破壞而喪失寶貴價值。

金文的敗字❷，大概是綜合兩個字形，表現一手拿著棍棒敲擊兩個海貝的形象，和甲骨文字形表現的一樣。《說文》：「，毀也。从攴、貝。敗、賊皆从貝，會意。，籀文敗。从賏。」解釋正確，但沒有解釋清楚為何字形有毀壞的創意。

❶

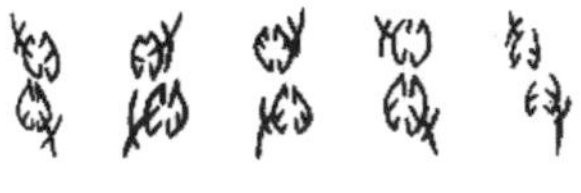

❷

8

統一標準

建立通用度量衡

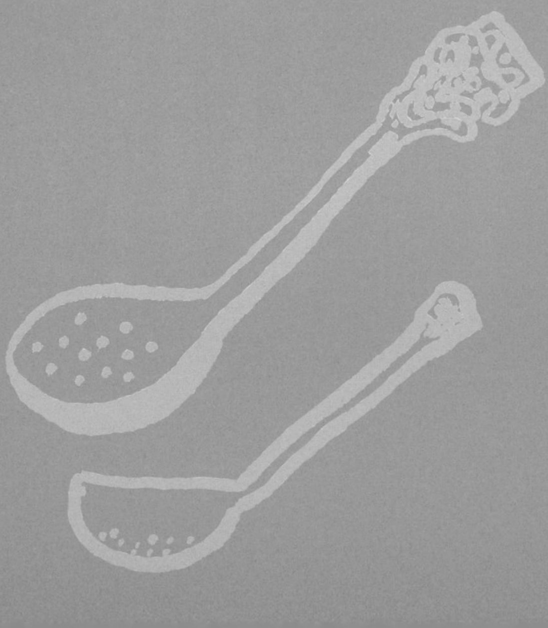

估計事物的輕重、大小、長短、多少，這種生活經驗自古有之。舊石器時代的獵人，用繩索綁上石塊投擲獵物時，需要估計石塊的重量、獵物的距離，才容易命中。不過，一旦要將自己心中的概念向他人傳達時，就會發覺大家的理解各有不同，難以正確傳達意思。直到商業行為普遍以後，商人需要精確計算商品的成本、利潤，同時也需要在重量、數量方面取信於人，於是促成計量系統的建立和商品標準化。

度量衡的演進，大致分三個階段。最先是依靠個人的感官來判斷物體的輕重和容量。其次是暫時借用日常的用具來度量。最後是建立起一定的標準。

爯（稱）

ㄔㄥ

chēng

甲骨文的爯字❶，一隻手拿起一件東西在估計重量的樣子。從甲骨文的冓字，作兩個木構件使用繩索綑綁起來的樣子看，爯字應是表達以手估計建築材料的重量。木材材質差異很大，構築房屋需要慎選木材，有的不夠堅實，不能做為承受屋頂重量的柱子，因此要先用手掂量看看，這就是屬於第一階段利用自身的感官體驗來估計物體重量。

金文的爯字❷，可以看出有些微的變化。《說文》：「，並舉也。从爪，冓省。」沒有掌握這個字的核心意義。古代最常估計重量的東西是禾束，所以加禾成稱字。

❶

❷

《說文》：「稱，銓也。从禾，爯聲。日夏至晷景可度，禾有秒，秋分而秒定。律數十二，十二秒而當一分，十分而寸。其以為重，十二粟為一分，十二分為一銖，故諸程品皆从禾。」分析為形聲是正確的，但是解釋為以粟的重量為標準依據，就沒有看出是以手掂量重量的原始創意。《史記．夏本紀》說夏禹「身以度，稱以出」，就是憑自身感覺去衡量重量再出貨的意思。

重 ㄓㄨㄥˋ zhòng

金文的重字❶，第一形是一個兩頭綑住的袋子，前端還有一個鈎子。從字義來推測，大致表現袋子已經裝滿貨物，沉重無法手提，因此要用鉤子把它提起來，而有量重的意義。第二形先在最底下加一道平畫，接著在中線加一小點，小點又延長成平畫。第三形省略字的下半部。

《說文》：「，厚也。从壬，東聲。凡重之屬皆从重。」既然分析為形聲字，又矛盾的說凡重之屬皆從重，以為是部首。從文字演變的規律看，這個字本來和壬字無關，而且壬字也不會和東字共用筆畫，所以不能以壬為聲符。

❶

重字是一個和袋子有關的整體形象，大概是為了容易提起來，而使用鉤子勾住綑綁的繩索。總之，這個字是去估量物體的重量。

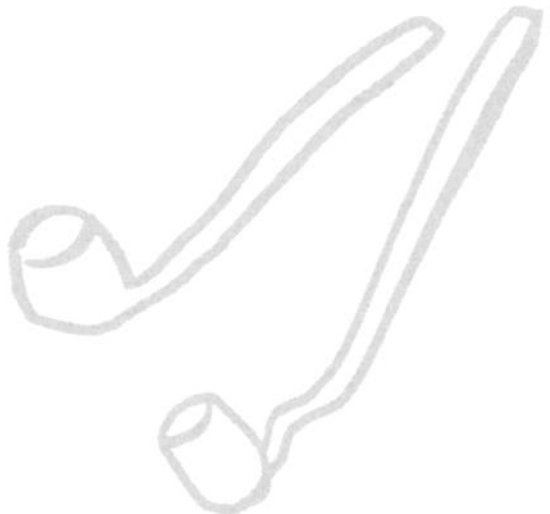

寸 ㄘㄨㄣˋ cùn

長度是最容易確定的基本標準，量、衡兩制都可依長度加以設定。用雙手來測量東西長度是最方便的。《大戴禮記・主言》：「布指知寸，布手知尺，舒肘知尋。」說的就是用手測量長度。早期文獻還不見這個字。

《說文》：「，十分也。人手卻一寸，動脈，謂之寸口。从又，从一。凡寸之屬皆从寸。」解釋創意是中醫診斷病情所把脈的寸口地方，這個解釋有問題，因為寸口在手臂上沒有明顯的記號或關節，丈量起來並不方便。

西洋的英吋，源於希臘人指稱拇指的寬度，後來羅馬人加大而成為一個腳步的十二分之一長。原因是以直豎的拇指度量物件最為方便。《大戴禮記》所謂的「布指知寸」也是同樣的意思。在五指中，以拇指最方便按在物體上測量長度，所以東西方不約而同以拇指做為長度單位。

小篆的寸字，以拇指所在下面的一橫表示，就是表達拇指的寬度為一寸的意思。小篆的寸，構件還有一種寫法，是又字的左邊空白處有一道斜的筆畫，如寺字。原先是從又止聲，加了一道填空的筆畫而成從寸止聲。兩者的源頭不同，遇到有從寸的構件，就要思考源頭到底是寸還是又。

尺 彳ˇ chǐ

在河北平山挖掘的戰國早期中山王墓，出土的銅版地圖兆域圖，刻有四百餘字金文，所看到的尺字，字形好像是表現人的手臂中間有一小點。推測，如果以手臂來計量某物的長度，用手臂的下半節比較方便。但是這樣不如使用手掌方便，所以這個字形後來沒有流傳。

甲骨文的厥字❶，做為第三人稱代名詞使用，很可能就是尺字的原始字形，表現張開手指的形象。不過第三個字形就不太像是張開手掌的樣子。金文的厥字❷，基本都是延續甲骨的字形，這個時候已確定做為第三人稱代名詞使用，所以例子非常多。

❶

❷

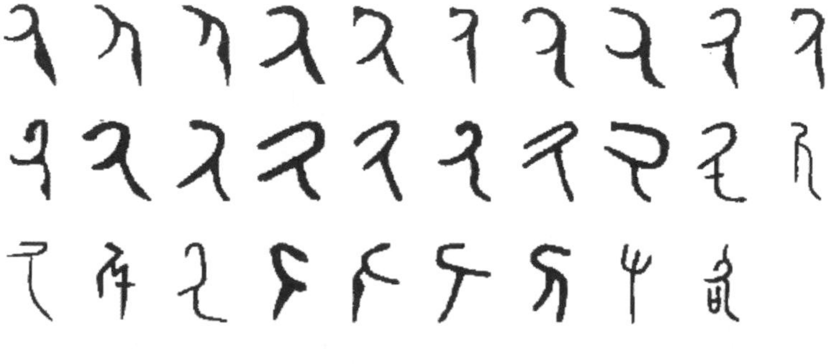

《說文》：「，木本也。从氏、丅。本大於末也。讀若厥。」字形變化很大，解說字形是樹的根本大於末梢。字形已經變化太大，不可能和樹木的形象有關。

至於尺字，《說文》：「，十寸也。人手卻十分動脈為寸口。十寸為尺。从尸、从乙。乙，所識也。周制寸、尺、咫、尋、常、仞諸度量，皆以人之體為法。凡尺之屬皆从尺。」字形延續甲骨與金文的形象，但解釋完全錯誤。分析字形為從尸從乙。尸是人蹲坐的形象，乙當作標示符號，亦即標示下腿的長度為一尺。以蹲下的方式來計量一件東西的長度，應該是非常困難的。

《大戴禮記》既然說「布手知尺」，厥字的古代字形確實像手指張開的樣子，也可看出小篆的尺字其實稍有變化，也是張開手掌的形象。手掌張開的長度約略等於十個拇指的寬度，而且很容易張開手指來丈量東西的長度。所以尺字的創造，也是利用人身的尺度單位。

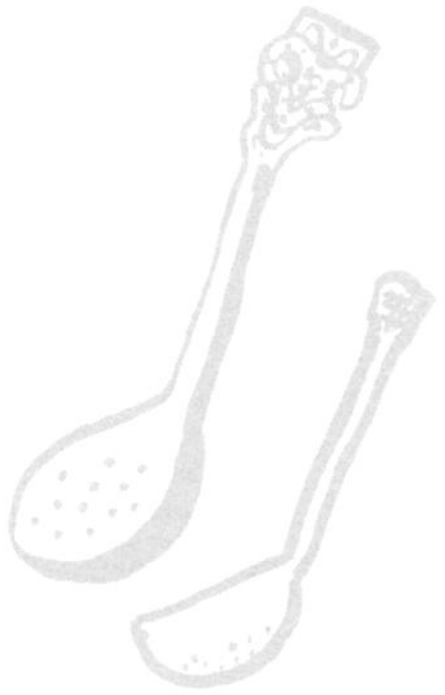

尋 ㄒㄩㄣˊ xún

甲骨文的尋字❶，字形雖然多樣，卻有一個共通點，那就是伸張兩隻手臂的形象。《大戴禮記》的「舒肘知尋」，就是表明舒張兩肘，讓雙手左右平舉，約為一尋八尺的長度。

甲骨文的字形有幾種被雙手所丈量的物體，有可能都是當時的商品。是睡臥的蓆子，是人人需要的商品。是長管喇叭的形象，也是尋常商品。很像是懸掛衣服的衣架。尋字所丈量的東西有席子和長管喇叭，可能顯示商代的商品已有標準化趨勢。八尺為方便、常用的長度單位，所以引申有尋常的意義。而伸張雙臂是為了探求東西的長度，所以也引申有尋求的意義。金文很少記載長度，所以

❶

還未見此字。

《說文》：「，繹理也。从工、从口、从又、从寸。工、口，亂也。又、寸，分理之也。彡聲。此與𤕦同意。度人之兩臂為尋，八尺也。」字形已經變化得很厲害，很難據以解說字形。現在從甲骨文的眾多字形進行比較與歸納，才得知字的創意。

量 ㄌㄧㄤˊ liáng

度量衡演進的第二個階段，是利用既有的器物來估計物體的重量。甲骨文的量字❶，創意和裝東西的袋子有關，重點是東字的上頭有個類似口字的東西。口字可能是代表漏斗一類的器物，把米糧通過漏斗裝入袋中，每袋容量大致相當，利用現成的袋子計算貨物的容量或重量。

金文的量字❷，在口中加上一小點，袋子的東字也和重字有同樣的變化。《說文》：「，稱輕重也。从重省，曏省聲。，古文量。」把袋子上的日形理解為曏省聲。有了甲骨文的字形可以核校，知道省聲的解釋是不能接受的。

❶

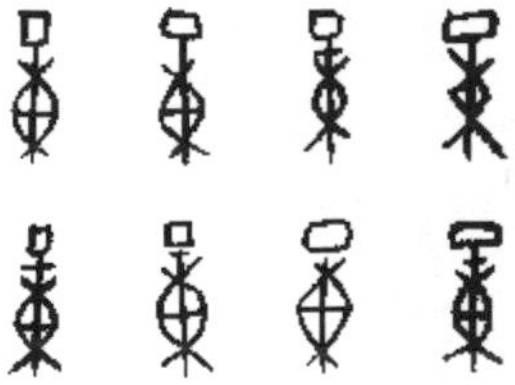

❷

斗 ㄉㄡˇ dǒu

甲骨文的斗字❶，初形應作，是一把挹取水酒的勺子（如下圖）。勺的木柄太過單調，所以加上一道短橫線，這是文字變化的常規。到了金文字形❷，開始把勺子的線條向下延伸，就不像是勺子的形象了。很可能小篆的厥字，就是誤取這個字形的結果，所以才會和甲骨文與金文的字形差易那麼大。

《說文》：「，十升也。象形。有柄。凡斗之屬皆从斗。」字形有點訛變，把柄上的橫畫上移，使勺子變成三斜畫而不象形了，但還看出是一個象形字。

❶

❷

青銅斗，斗高 6.8 公分，長 38 公分，
商晚期，西元前十四至十一世紀

必 ㄅㄧˋ

bì

甲骨文的必字❶，是一個典型的指事字，以一道橫畫指出器物之柄的所在之處，但是斗字的字形已經在勺柄上加了一道無意義的裝飾筆畫，所以只好在柄的兩邊各加上一個小點做為分別。

比較斗與必兩個字形，必字一定是在斗字使用很久之後才創造的。這個字在甲骨卜辭被假借做為祖先宗廟的意思。甲骨文使用不同的字代表不同階段的祖先宗廟，到了晚期才使用必字代表很近親的王的廟。商代以後就見不到這種意義了，而是假借做為表示決斷、決心的副詞。

❶

金文的必字❷，勺子的形象被簡化了，就難看出是一把有柄的勺子形象了，只好解釋為形聲字。《說文》：「必，分極也。从八、弋，弋亦聲。」

斗，是度量衡發展階段，借用日常的用具衡量一個東西的量。在這個階段，斤是砍伐樹木的工具，前端的石錛的重量也被借用來表達一斤的重量。

❷

升 ㄕㄥ shēng

甲骨文的升字❶，一把烹飪用的匕。這種匕有時底部有許多小孔洞，用來撈起羹湯中的肉塊或蔬菜。匕的勺子部分不但比斗小得多，也比較淺，容量不多，借用來衡量少量的液體。後來就約定升的容量為斗的十分之一。斗的容量一旦標準化，升的容量就能建立。古代的一升約等於現今的兩百CC。升的底部是彎曲的，所以表達裝盛的液體也以彎筆畫表示。

金文的字形❷，斗字的形狀而有液體在內，與斗字加以區別。《說文》：「，十龠也。从斗，亦象形。」雖然字形已經有訛變，不像是一把斗的形狀，仍知道源自象形字。

❶

❷

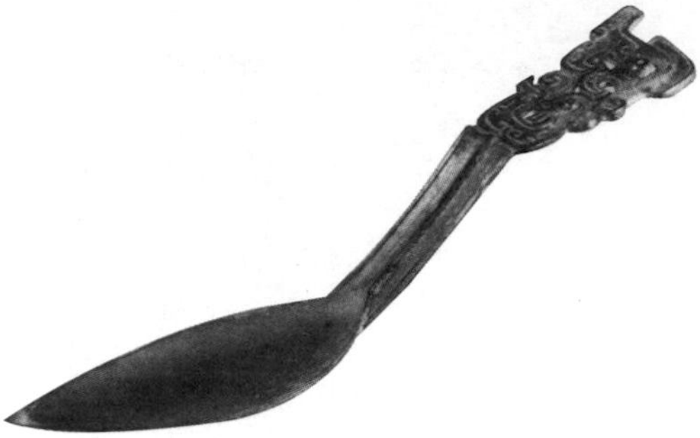

透雕龍紋青銅匕
長 26 公分，
周早期，西元前十一至十世紀。

料 ㄌㄧㄠˋ liào

金文的料字，由米與升字組合，很容易理解是以斗（或升）來衡量米粒的量。米的顆粒很小，是日常糧食也是最常交易的商品。估量的方法，是用斗的容器盛裝米粒，然後用一枝棍子在口沿上刮平，就能精準稱出一斗的容量，所以就根據以斗來稱米的習慣，創造估量的意義。

《說文》：「，量也。从斗，米在其中。讀若遼。」解釋得非常正確。

平 ㄆㄧㄥˊ píng

金文的平字❶，一個支架的兩端各有東西放著的樣子。平字的意義是均平，再配合字形來看，應與天平的器械有關。天平是一種利用平衡原理製作的設備。如果一端的重量已知，就可以在同樣距離的另一端稱得等重量的東西。但這樣就需要一件已經確定重量的標準物品。

以天平稱物體的重量，基本是一個豎立的架子，上頭放一支撐桿，一端放上已知重量的器物，另一端放上想要稱重的物體，當撐桿保持平衡時，就可以稱得這件物體的正確重量，這種器械就是天平。需要撐桿平衡，才可以稱得重量，所以有均平、不偏的意義。

❶

《說文》：「，語平舒也。从于，从八。八，分也。爰禮說。，古文平如此。」解釋為語平舒，卻看不到字形有嘴巴的形象。

新石器時代以來的圓形石璧，被上級做為徵收等量穀物的信物，是一種權力的象徵，後來逐漸演進成為權位的禮器玉璧。這就需要利用天平的裝置。埃及在五千年前就已經使用天平稱重。中國應該也同樣早就知道天平稱重的原理。商代不見平字，可能是因為不是占卜的內容。商代有于字，可能就是天平的形制。

于 ㄩˊ

yú

甲骨文的于字有兩個字形❶和❷。第一形是正確字形，寫得比較小的時候就作第二形，較為省簡。

在《02戰爭與刑罰篇》介紹過弓字，作一把弓形，而弜字寫作，描繪兩層的弓體形狀。所以可以從弓字推論，于可能是在表達防止因稱重物而折斷，所以用複式增強的方式表示。

早期社會需要稱重的物品，以袋裝的粟米類為主，不容易單手穩定的提拿，因此大都採用支架式的天平來稱重。天平的支架需要加以強固才能承受重量，因而以兩層表達。商代的于字可能是天平的形

❶

❷

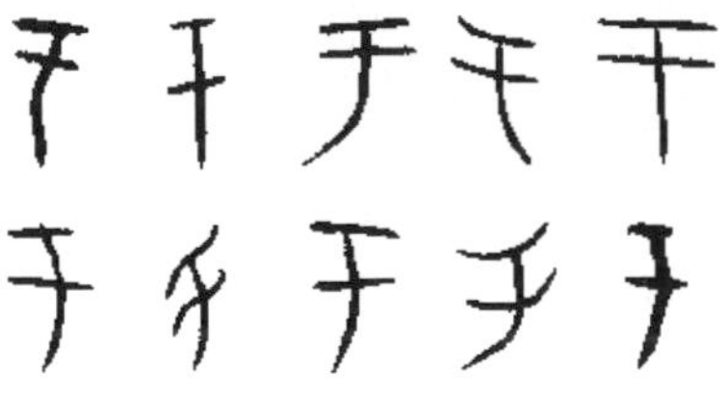

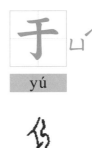

象。兩端都放上物體，是使用天平的狀況，表達平衡的意思。

金文還保留兩種字形❸。《說文》：「亐，於也。象气之舒亐。从亐、从一。一者，其气平也。凡于之屬皆从于。」把字形割斷了，分析為兩個構件，解釋為象气之舒亐。當然就不得其解了。

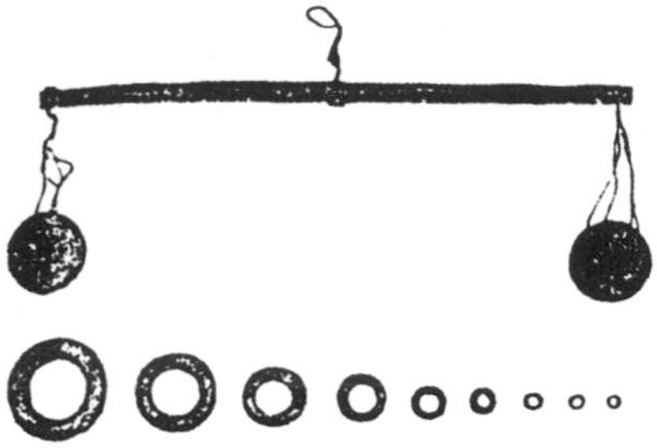

長沙戰國墓出土的天平與砝碼。最小的砝碼只重 0.62 克。

西元前一千三百多年埃及墓壁畫上的支架式天平。

❸

到了戰國時代，人們領會了槓桿的原理，利用支點、距離與重量之間的關係，稱量物體的重量（如左圖）。利用這種原理，能更精確的用較輕的權（砝碼）稱重物，或用較重的權（砝碼）稱輕物。例如要精確稱量少量的黃金，就可以使用這種方式。這是度量衡器製作的一大改革，成為漢代以來盛行的方式。《漢書・食貨志》記載，到了秦始皇統一中國時，更了解黃金性質的穩定，就以一立方寸的黃金為一斤的標準重量。這樣長度和重量都有一定的標準，容量的標準也就很容易確定下來。

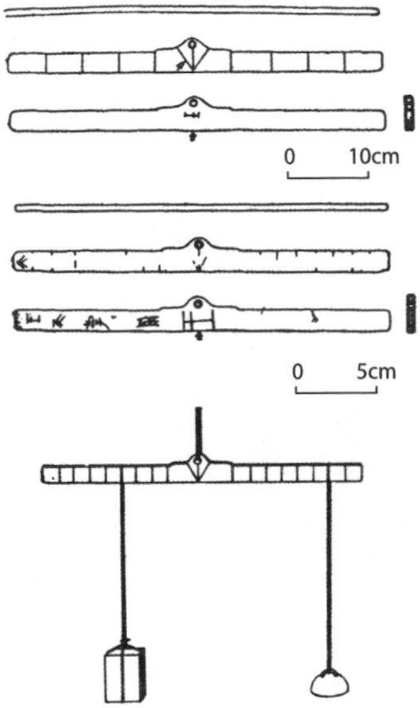

戰國的不等臂銅衡。可以利用衡上的刻度，移動權的距離以稱物體的重量。

後記

《06人生歷程與信仰篇》是本系列的最後一冊，也是壓軸之作。主題內容是有關人們生活在社會的整個過程以及信仰有關的古文字。總共收錄約六十個字。

人生的歷程始自對生育的盼望、出生的過程、接受父母的呵護、男女領受不同的教育……來到成人時期，領受成年禮儀、準備結婚以延續香火，終於到了老弱的晚年，人們對於死亡的觀念與相關禮儀，以及三年守喪的習俗等等。

至於信仰，則從信仰的寄託、鬼神的形象、禮拜的對象與獻祭的禮儀，最後則是關於占卜的習俗。

字字有來頭：文字學家的殷墟筆記 . 5, 器物製造篇 /
許進雄作 . -- 初版 . -- 新北市：字畝文化創意出版：
遠足文化發行 , 2018.02
面；　公分 . -- (Learning ; 8)
ISBN 978-986-96089-0-9(平裝)
1. 漢字 2. 中國文字

802.2　　107001003

Learning008

字字有來頭 文字學家的殷墟筆記 05

器物製造篇

作者　許進雄

字畝文化創意有限公司
社長兼總編輯　馮季眉
編輯　戴鈺娟、陳心方
封面設計及繪圖　三人制創
內頁設計及排版　張簡至真

讀書共和國出版集團
社長：郭重興　發行人：曾大福
業務平臺總經理：李雪麗　業務平臺副總經理：李復民
實體書店暨直營網路書店組：林詩富、郭文弘、賴佩瑜、王文賓、周宥騰、范光杰
海外通路組：張鑫峰、林裴瑤　特販組：陳綺瑩、郭文龍
印務部：江域平、黃禮賢、李孟儒

出版　字畝文化創意有限公司
發行　遠足文化事業股份有限公司
地址　231 新北市新店區民權路 108-2 號 9 樓
電話　(02)2218-1417
傳真　(02)8667-1065
電子信箱　service@bookrep.com.tw
網址　www.bookrep.com.tw
法律顧問　華洋法律事務所　蘇文生律師
印製　通南彩色印刷有限公司

2018 年 2 月 7 日初版一刷　2023 年 5 月初版五刷　定價：420 元
ISBN 978-986-96089-0-9　書號：XBLN0008